U0575894

当 "90" 后遇到 "90" 岁

中国护士在德国养老院的工作日记

李　苗　著

中国财富出版社有限公司

图书在版编目（CIP）数据

当"90"后遇到"90"岁：中国护士在德国养老院的工作日记／李苗著．
—北京：中国财富出版社有限公司，2023.10

ISBN 978 - 7 - 5047 - 8003 - 4

Ⅰ.①当… Ⅱ.①李… Ⅲ.①日记—作品集—中国—当代 Ⅳ.①I267.5

中国国家版本馆 CIP 数据核字（2023）第 207398 号

策划编辑	李彩琴	**责任编辑**	张红燕 张 婷			**版权编辑**	李 洋
责任印制	梁 凡	**责任校对**	孙丽丽			**责任发行**	董 倩

出版发行	中国财富出版社有限公司	
社 址	北京市丰台区南四环西路 188 号 5 区 20 楼	**邮政编码** 100070
电 话	010 - 52227588 转 2098（发行部）	010 - 52227588 转 321（总编室）
	010 - 52227566（24 小时读者服务）	010 - 52227588 转 305（质检部）
网 址	http：//www. cfpress. com. cn	**排 版** 宝蕾元
经 销	新华书店	**印 刷** 宝蕾元仁浩（天津）印刷有限公司
书 号	ISBN 978 - 7 - 5047 - 8003 - 4/I · 0367	
开 本	880mm×1230mm 1/32	**版 次** 2024 年 1 月第 1 版
印 张	8.125	**印 次** 2024 年 1 月第 1 次印刷
字 数	147 千字	**定 价** 59.80 元

版权所有·侵权必究·印装差错·负责调换

当"90"后
遇到"90"岁

序

这是我的日记本，也是我和我的老朋友们的故事书，他们超酷。

2015年我通过中德护士（护理交流计划）项目来到了德国莱比锡留学，选择的专业是养老照护。当时德国的护士分为三类：临床护士、养老护士和儿科护士。

德国采取"双元制"职业教育模式，所以毕业生暂时无法在中国取得学历学位认证，所以我们一行六人中的四个同学选择放弃学习，直接回国了。当时我面临两个选择：留下攻读这个无法取得国内认证的养老护理专业；回国读研。

最后我选择了前者，因为我对养老行业产生了极大的兴趣。

我的老板很照顾我，为我在养老院内提供了一间房，所有

当"90"后遇到"90"岁

物品都准备齐全，甚至还为我买了筷子和电饭煲。那三年，我住在养老院里，有更多的机会去了解老人以及他们的生活。

养老院工作的繁忙、复杂和挑战耐心的程度远高于临床护理。那个时候我20岁出头，每天和八九十岁的老人在一起。工作的内容也是我无法接受的，比如给老人擦洗身体、更换纸尿裤、协助进食，等等。护士助理很少，所以很多诸如此类的基础护理工作都需要护士独自完成。我是中国的护士，我为什么要做这些工作？我曾怀疑过自己的选择。

我敲开了老板办公室的门，向她道出了我的困惑。"我是中国的护士，在中国，作为护士从来不做这些工作。"我理直气壮地讲出这句话。

她很耐心地听完我的倾诉和抱怨，然后笑着说："我理解你说的每一个字。我很抱歉，疏忽了你最近工作中的负面情绪。我不了解护士在中国的工作内容与在德国有哪些不同。但是蕾奥妮（我的德语名字），你知道吗？我曾经也是一名护士，在医院工作了十几年。和你一样，在养老工作初期产生过很多困惑、自我怀疑甚至迷茫。但我坚持下来了，并且我热爱养老照护这项事业。后来我离开医院，自己创业。从最初的一间小小的办公室到现在的养老院、日托中心以及满足流动护理等多需求的照护服务企业，我们用了二十几年。你想知道为什么我和所有的同事能坚持到现在吗？为什么我们热爱这份职业？为什么我们喜欢亲近老人并且乐于帮助他们？什么是养老？如果你感到好奇，想知道答案，那么我有一个请求，在接下来的这段日子，你可不可以试着去了解这些老人，像朋友、像邻居那样跟他们聊天，和他们一起在院子里喝杯咖啡，去观察一下周围的同事，他们对这份工作的热爱从哪儿来。然后，我们重新坐在这里，再谈一下。"

接下来的日子，我照常工作，但是增加了与老人沟通交流的频率。尤其在周末，我会特意下楼与他们一起晒太阳、聊天、请他们喝中国茶……我发现他们每个人都很特别。他们和我畅谈过去的往事；向我展示相册；和我分享年轻时候的糗事、少年的锋芒和骄傲……他们边说边笑，眼神依然有光，岁月被镶嵌在了每一次笑声和沉默里。

那一刻，我凝视着他们：他们为何沉默？他们为何愿意对我敞开心扉？他们为何将养老院视为自己的家，并在这里自由快乐地生活？

为什么那么多同事对这份工作如此热爱？

为什么他们总是每天都带着亲切的问候来上班？

当"90"后遇到"90"岁

为什么他们总是保持积极乐观的态度？

为什么他们总是可以在完成一项忙碌枯燥的工作后开一个玩笑？

而养老护理到底是一项怎样的工作？什么才是养老？

我带着这样的疑问，在莱比锡开始了养老护理专业的学习以及我和我的老朋友们的故事。

如果你也有同样的疑问或好奇心，那么请接着翻到下一页。

祝你阅读愉快。

目 录
CONTENTS

PART

01

黑咖啡

当"90"后遇到"90"岁

在日托中心，有的老人住在护理公寓；有的住在家里，只有白天待在这儿。

每天早晨会有养老院的司机去接他们。下午茶结束后，再由司机将他们送回家中或者由家属接送。

伯德夫妇是护理公寓的老人，他们已经在这里住了五年多。每天都会来这里用餐，喝下午茶。

那天是我第一次在日托中心工作。我帮忙给他们分咖啡的时候，下意识地给伯德先生倒咖啡奶。

"不！！！"

伯德太太一声响亮的"不"让所有人瞬间看向我，我尴尬地站在原地。同事闻声跑过来，悄悄地告诉我，伯德先生只喝黑咖啡。帮我解了围。

他们夫妻俩是一起住进这家护理公寓的。年轻的时候他们极其热爱运动。伯德先生89岁，虽然需要使用助步车，但只用于预防意外。平日里，他依旧健步如飞。

他们的家庭医生就是自己的孙女。从她的诊所到护理公寓，只需步行十分钟。每到周末，她就会来看望两位老人。

有一天下午，我去伯德夫妇房间，正好碰到她。她热情地主动进行自我介绍。

"您好，我叫梅拉妮，是伯德夫妇的孙女。"

"您好，我叫苗，德语名字蕾奥妮。是新来的护士。"

"我早就听说护理公寓来了一位亚洲护士，欢迎您，希望您在这里生活愉快、工作顺利。"

"谢谢。"

我看到他们将照片摆满了整个桌子，那些都是伯德夫妇在运动场上的留念影像。

"我们正在整理我爷爷奶奶年轻时候的照片，您有兴趣一起看看吗？"梅拉妮问。

"好啊。"

她让出长椅的一个位置，示意我坐下。

当"90"后遇到"90"岁

"这张是我爷爷19岁参加运动会时的照片，他是第一名。

"这张，还有这张是我奶奶参加游泳训练的照片，我记不得她当时多大了。奶奶，您还记得拍这张照片时您多大吗？"

伯德太太戴着老花镜，端详着照片，含糊地说："十八九岁吧。"

"20岁。"伯德先生纠正道，"因为那年是你第一次得奖，获得了第三名。"

"爷爷，他们是谁，你们在哪里？"梅拉妮挑出一张照片，背景是一片海滩，照片上有4个年轻人。

"约翰、安妮、罗拉和我。"伯德先生扶了扶眼镜，手指慢慢地从左边划到右边，一个一个介绍起来。"我们是在大学认识的，都喜欢运动。那年夏天我们一起去了波罗的海。约翰来自不来梅，读的是经济学专业。安妮是他的女朋友，也是读经济学专业。他们两个性格完全不同，约翰性格开朗，充满热情，善于社交。而安妮恰好相反，她很会烘焙，那个时候我经常沾约翰的光，可以吃到杏仁饼干、核桃面包、水果奶酪蛋糕、草莓奶油酥……毕业后他们就结婚了，定居在慕尼黑——安妮的家乡。后来他们生了两个孩子，都是男孩。现在老二在德国，老大在美国。五年前约翰去世了，肺癌。我很遗憾没能去参加他的葬礼，那段时间我也生病了。我们寄去了一副摩托车手套和一张我们的合影。那是我们在他和安妮骑摩托车环游欧洲启程时拍的。安妮是个愿意陪他冒险的女人，他们俩骑摩托车环游了整个欧洲，每到一个地方，就给我们寄来一张明信片，上面什么也不写，只有一个落款——约翰＆安妮。旅行了三个半月后，他们回到慕尼黑，他把摩托车手套寄给我，当作纪念品。

"约翰38岁那年创业失败了，他的合伙人是安妮的表弟。这个人很聪明，但也很狡猾。约翰的创业失败有他多半的'功劳'。就这样，约翰和安妮卖掉了从祖父那里继承来的房子，摩托车也卖掉了。两个人辛苦工作了五年才彻底还清剩下的债务。那个时候他们的老二已经出生，可以想象生活是多么拮据。

"后来约翰开始酗酒，对安妮和孩子们也不闻不问。白天他在家睡觉，晚上他不顾安妮的阻拦和孩子的哭闹，就去大街上游荡，清晨再带着一身酒气回家。那段日子安妮在电话里沙哑的嗓音和克制压抑的哭泣让我们非常心疼。

"我们订了票，去了慕尼黑。约翰知道我们要来，特意把齐肩的干枯的头发用麻绳扎起来。他见到我还是像以往一样微笑，

当"90"后遇到"90"岁

但是苍白的脸上挂满了疲惫、绝望和挣扎。我们没有问候，没有俗套的拥抱，约翰只说了两个字：'坐吧。'

"那天晚上，我陪他喝了很多酒，但只是聊了几句家常。他不想说，我就不问。喝到几点，我已经记不清了，我只记得最后约翰说了一句话：'我要和安妮离婚。'"

"为什么？他不爱安妮了吗？"我着急地问。

伯德先生看看我，笑了一下，继续讲："他和安妮离婚后，孩子的抚养权给了安妮，他离开了慕尼黑，消失了十年。没有给任何人留下一封信或者一句话，就像一阵风一样，吹去了某个地方。十年后我收到了一封信，同样没有任何问候信息，但是我永远忘不了落款的字迹和名字——约翰。"

"嗯，他回来了。"

"他直到去世也没有说那十年他去了哪里。他不想说，我就不问。后来约翰回到了不来梅老家，开了一家摩托车配件的小店。"

"那安妮呢？"梅拉妮问。

"安妮？安妮是小店的老板娘啊。"伯德先生大笑起来。

我和梅拉妮也相视一笑。

伯德太太这时指向照片中的另一个女孩子——罗拉。伯德

黑咖啡

先生的笑戛然而止。

"我累了，我要喝点茶，休息一下。"伯德先生边起身边喃喃自语道。

我们都领会到了他的意思。我和梅拉妮一起走出伯德夫妇的房间。她凑近我的耳朵说："那是一个秘密，黑咖啡的秘密。"

两周以后，我有一个作业，写一个老人的生平。我脑中第一个想到的就是趁这个机会去了解伯德先生和黑咖啡的故事。

那天我去梅拉妮的诊所拿医嘱单，和她说了这件事。她说："我帮你，这周日下午三点，我们在护理公寓见。"我向她摆了一个"OK"的手势。

那天我特意带了四块黑森林蛋糕，梅拉妮煮了咖啡。伯德太太心领神会地看着我俩说：

"老头儿的八卦你们也好奇？"

"是的！"

伯德太太扑哧一声笑了，说："我也是。"

"伯德先生，蛋糕味道怎么样？"我问。

"很美味，如果是自己烤的就更好了。"伯德先生笑着说。

"那蛋糕可不能白吃。"梅拉妮应和着。

"你们两个小机灵，以为我这个老头子不明白吗？你们今天

当"90"后遇到"90"岁

一进门我就看出来了。"伯德先生摇着头说,然后抿了一口咖啡。他拿出那张照片,凝视了很久。

"好,我们今天讲讲这个女孩子,罗拉。"

伯德先生看向窗外,娓娓道来。

"我不知道怎样开头,随便讲讲。她叫罗拉,典型的柏林女孩。给我的印象就是爱自由、有个性、自信和勇敢。她只喝黑咖啡,越苦越好。我和她是偶然认识的。当年她在抑郁症互助组织做志愿者,带着抑郁症患者一起画画。她把患者们的画作拿到学校,组织了一次公益义卖活动,获得的收入再全部返还给互助组织。我没有买画,可是我要到了她的联系方式。"

这时,我们三个"吃瓜群众"互相给了一个意味深长的眼神。

"你们三个认真点。"伯德先生说。

"后来我在罗拉的推荐下,和她成了互助组织的同事。我们每周去一次,周六或者周日。我对绘画一窍不通,就在旁边做杂活儿,挤挤颜料、擦洗笔刷、倒倒垃圾。一旦开始绘画,患者们就进入了自己的世界。罗拉静静地站在一旁,我看着她,她看着患者们。

"记得那天绘画课结束后,我和罗拉继续留在教室里,一

黑咖啡

张一张地欣赏和整理每一幅画。她小心翼翼地观察着，好像在捕捉什么。我不懂她在看什么，更看不懂那些画。直到她终于开口。

"'你看这张，电闪雷鸣的暴雨里有一双飞向天空的翅膀。'

"她抬头看着我，我看着她，可我不懂她。

"她的目光缓缓移开，把画装进画夹里，说：'周末愉快。'

"因为考试，我很久没有去互助组织了。再见到罗拉是在一个校友朋友的生日Party上。我们彼此寒暄了几句。她说她马上要去英国了。而我继续留在了柏林。

"开始我们还会有书信来往，都是一些生活琐事，后来就断了联系。我曾尝试着继续给她写信，但始终没有任何回信。每次搬家，我都会给她写信告知我的新地址。毕业那天我收到了一封信，看到邮编是英国的，我非常激动，手都开始颤抖，我知道是她。

"罗拉问我要不要去伦敦玩几天，还寄来一张艺术展活动海报。随后，我立即买了去伦敦的票。

"罗拉消瘦了很多，眼神里都是倦怠。多年未见，我们的问候中都夹杂了一些小心翼翼。

"'麦克，不要问我过得怎么样，你知道，我不喜欢这样俗

当"90"后遇到"90"岁

套的问候。'罗拉对我说。

"'好。那我问你，英国是不是没有咖喱香肠（柏林的一种小吃），你怎么瘦这么多。'我打趣道。

"罗拉笑了起来。

"那次艺术展的举办地点是在伦敦郊区的一片田野。上千张来自抑郁症患者的画被粘在一个大型风筝模型上，从远处望去就像一只巨大的鸟即将飞翔，而每一张画就像它的羽毛一样。

"此刻，我站在罗拉背后，突然懂了当年她看我的那个眼神。我紧紧地抱住罗拉的肩膀，她眼里噙着泪水，说：'伦敦的风太大了。'

"我在伦敦玩了几天后，回到了柏林。临行前，罗拉对我说：'麦克，请永远记得我。'

"'当然。圣诞节你会回家吗？'

"'再看。'

"回到柏林后，我总是有一种忐忑不安的感觉，都是关于罗拉的。我总感觉她在隐瞒什么。我想我应该是多虑了，她那样自信、阳光、勇敢的女孩一定不会让人担心的。后来我找到了工作，过着朝九晚五的生活，再后来……"伯德先生停顿下来，皱起了眉，嘴唇颤动，看了看伯德太太，欲言又止。

黑咖啡

“讲出来，麦克，讲出来。”伯德太太鼓励着他。

“五个月后，我再次见到罗拉是在她的告别仪式上。告别照片就是那天在伦敦活动现场我帮她拍摄的。背景是一大片茫茫无边的田野，她笑得很灿烂。家属没有说罗拉离开的原因，但我能猜到。仪式结束后，她妈妈送给我一个画夹，让我回家有时间慢慢看。当天晚上，我在书桌前打开画夹，里面有一封信，还有一些画。”

亲爱的麦克：

很开心你能来伦敦参加我的活动。

这么多年未见，你的眼睛还是那么清澈，眼神还是那么纯净。

在伦敦这些年，我不知道自己过得好还是不好。所以那天我不想让你问我这个问题。我留在伦敦，并试图在这里，在陌生的地方，在没有人认识我的地方找到属于自己的一角。

我很喜欢艺术心理治疗的工作。尤其当我看到那些挣扎在生活边缘的患者，在画里向我倾诉的时候，我感受到了来自他们对我的信任。但是，麦克，我同时也很痛苦，

当 "90" 后遇到 "90" 岁

我说不清楚为什么，我时常感到无能为力，甚至绝望。还记得那次在柏林吗？我们在教室里一起看患者们的画，你的眼神太纯净了，纯净得让我 "嫉妒"。我以前总问自己我要活成什么样子，我的人生意义到底是什么。我去尝试，去摔倒，去寻找，我走进人群里，可我迷失了自己。我经常梦见自己飞起来，我有一双透明的闪着光的翅膀，云朵像是棉花糖那样，我在上面飞舞着，像一只重获自由的小鸟。

麦克，我在生活里倔强着，撕扯着。我真的太疲惫了，我想好好地睡个长长的觉。

麦克，我好累。请允许我懒惰一次，失礼一次，懈怠一次，就一次。

麦克，请你替我继续看看这个世界的美好，用你清澈的眼睛帮我去收集每一刻的浪漫和天真。

麦克，我们会是一辈子的好朋友，对吗？

麦克，祝你幸福、健康，愿上帝保佑你。

麦克，提前祝你圣诞节快乐。替我向所有的朋友们和你的家人问好，包括费莱迪（伯德先生的小狗）。

你的挚友　罗拉

伯德先生摘下眼镜，抱着肩膀继续说："那些画，都是罗拉自己画的。有的是将黑色的铅笔重重地画在纸上呈现出各种混乱的线条；有的是没有表情、没有五官的画像；有的是奇怪的、模糊的形状……她从来没和任何人倾诉过，包括她的家人。看着那一张张令人压抑的画，我没有想到罗拉竟然如此痛苦和绝望。我们曾那么年轻，一起去波罗的海旅行。有梦想，有抱负，有对未来满满的希望。我们向大海宣誓：做一辈子的理想主义者，为自由而活。但是……生活有太多意外。我们都没有变成理想的样子。我讨厌自己的某些性格，比如胆怯、自卑和没有安全感。我时常想，如果当初我和罗拉一起去英国呢？如果我当初多留意她一些呢？如果我当初不那么自卑呢？如果我也为自己向这个世界反抗一下呢？如果……一切都太迟了。

"我为什么一直喝黑咖啡，因为我想念过去的我们，那段稚嫩的、勇敢的青春年华。我想保持清醒，即便生活有诸多不顺。我想一直记得罗拉，她的笑、她的脆弱和她的一切。"

伯德先生看向伯德太太，握住她的手，说：

"谢谢你。"

"我愿意。"

当"90"后遇到"90"岁

伯德太太温柔地笑着。

告别伯德夫妇时,伯德先生在门口对我说:"小机灵,谢谢你。"

"是因为我带的蛋糕很美味吗?"我故意转移话题。

伯德先生欣然一笑,接着说:"对啊,下次希望吃到你自己烤的蛋糕,记得多加点巧克力碎。"

"没问题,伯德先生。"

伯德先生说他这一生就像一杯白开水。读书,工作,结婚,养育孩子,退休。波澜不惊、循规蹈矩地过了一辈子。他觉得这样才能使他感觉活在某种安全范围内。他羡慕约翰和罗拉的勇气,那种勇气是当与世界相处不愉快时的反抗和斗争。但他说服不了自己,他时时刻刻警告自己控制情绪,不表露悲喜,不要迈出"安全线"半步。这样他心里的天平才可以左右平衡。

我突然想起一些细节。比如,他每次打开信箱的时候,一定开关三次才会离开。他要反复确认是否已经拿走所有的信件,信箱是否锁住,钥匙是否使用正常,然后他把信件揣在衣服的最内层,还要拍两下口袋。我同事说他在"施法"。

现在我可以理解,他不是有认知问题,而是缺乏安全感。

回到房间整理完这次的作业后,我看着一张张写满字的纸,

黑咖啡

这不是简单的记录，这是老人们的青春啊！这些记录承载了他们对生活的理解；他们的倔强、浪漫和好奇心；还有藏在心里的永恒的"黑咖啡"。

因为年纪，他们就不配谈理想，不配表达内心吗？

他们也曾年轻过。将热情、愤怒、冲动、勇气、纠结、希望、爱与自由都撒向了波罗的海。

他们真酷。

此时此刻，晚霞已经铺满了傍晚的天空，橘红色的浪漫蔓延到尽头，那里是我们的理想主义王国吗？

2015年10月

莱比锡

注：养老照护中的生平履历工作有助于增进护理人员和老人之间的了解。通过回顾过去，护理人员可以更好地了解每一位老人在童年、青少年、青年、中年再到老年各个阶段的重要信息，从而理解他们的行为和需求。

从生平履历工作中受益的不仅有护理人员，还有老人。从老人的角度来看，共同回忆过去可以建立更多的信任，这让他

当"90"后遇到"90"岁

们有机会进行充分交流，体验有意义的互动。

　　这项工作对患有阿尔茨海默病的老人尤为重要。回忆可以唤起那些被认为已经遗忘的记忆。在这方面，老人的生平履历工作追求的目标不仅包括唤醒记忆，还包括加强交流，从而提高生活质量。

　　如何进行一项有质量的生平履历工作，已被德国纳入养老护理专业的教科书。

2015年
11月

走，去环游世界

当"90"后遇到"90"岁

"她会讲话，她只是不喜欢讲。"同事和我交班，这是我第一次负责照护舒茨太太。

舒茨太太86岁，每天都化淡淡的妆，被打扮得很优雅。她最喜欢紫色指甲油，金色的头发上嵌着珍珠发夹，淡蓝色的针织衫上绽放着几朵白色玫瑰。

五年前，舒茨太太被外甥女一家送到这里，那时她已经丧失了活动能力，而且大小便失禁。

可她除了高血压，没有任何慢性病或老年常见病。每天只服用降压药和维生素。这让我对她的故事充满好奇。

"早上好，舒茨太太。"

她缓缓睁开眼睛，意外又疑惑地盯着我。

"您睡得好吗？舒茨太太。"我继续问候道。

她还是不说话，只是盯着我看。

"舒茨太太，我是您今天的主责护士，蕾奥妮。您想现在起床吗？我可以帮您做晨间护理吗？"

她轻轻点点头。这是整个早晨她与我唯一的"交流"。

我端来水在床旁为她擦洗，根据在学校学习的擦洗步骤进行，但感觉自己很笨拙。舒茨太太很耐心地等我，没有表露任何不满。穿戴完毕，我尝试将她从床上转移到轮椅上。当她在我的协助下坐在床边时，又开始目不转睛地盯着我。

"您还好吗？"我问。

她不说话。

这是我第一次转移老人，我把她的胳膊搭在我的肩膀上，用双手环抱住她的腰部。1、2、3，成功将她转移到轮椅上。

"耶！我真厉害！"我自言自语地鼓励自己，不由自主地说出了中文。

她露出惊喜的眼神继续盯着我。我想，无所谓了，她可能第一次在这里见到亚洲面孔，觉得奇怪。

梳洗完毕后，我打开她的小药箱，根据医嘱进行配药。

咦？这是什么？我瞥见桌旁的橱窗里摆放着一套精美的瓷

当"90"后遇到"90"岁

器。上面印着"囍"。

我猜测这是一套茶具，四只小茶杯加杯托，以及一个盘子。我看得出了神。

"需要帮忙吗？"护士助手达妮拉进门问我。

"哦，不用了，我已经完成了，谢谢。"

"你认识上面的字吗？"达妮拉指着那套瓷器说。

"认识，这是中文。这个字大多在结婚时会用到。"

"舒茨太太年轻时去过中国。"达妮拉边说边走向舒茨太太，俯身问候："早上好，美丽的空姐女士。"舒茨太太微笑着，然后看着我，我也看着她。

早餐过后，舒茨太太加入了康复活动小组。虽然她已经全失能，但是有活动还是会把她推到旁边。我担心会伤害她的自尊心，但我的同事告诉我："如果我们区别对待，才会伤害她的自尊心。"我看向康复活动小组，舒茨太太位于小组"C位"，旁边的康复师拿着小球协助她从左手换到右手，并且鼓励她，就像鼓励其他同组老人一样，并且没有任何语气和语调的差别。

午餐过后，我推她回到房间午休。我好奇地看着墙上的照片。

那个英俊的男士一定是她先生，深邃且炯炯有神的眼睛、梳着考究的发型，眼睛看向一边。根据他穿着的制服我分辨不出具体的职业，像是飞行员。虽然是黑白照片，但也不能掩藏舒茨太太的美。她身穿白色V领衬衫，一袭百褶裙，坐在窗边向外望。其他的也是一些日常照片，很遗憾我没看到任何有关中国的蛛丝马迹。

"舒茨太太，您本人比照片更美。"我说。

她微微地张开嘴，似乎想说什么，但欲言又止，最后只是莞尔一笑。

回到办公室，我找出舒茨太太的档案，查看了所有的文档，没有找到任何我想知道的信息。比如，那套中国瓷器。

一个月后，她的妹妹以及外甥女来看望她。

她妹妹不住在莱比锡，而是在汉堡。她们姐俩相差五岁。老人家现在虽然还能自理，但是长途跋涉也不现实，所以每一次见面她们都格外珍惜。我们为几人的会面准备了咖啡，她们自己带来了茶点。

我在走廊遇到了她的外甥女，她热情地用中文和我打招呼。

"您好。"

我愣了几秒，惊讶地回复"您好。"

"我叫开心，这是我的中文名字。"

当 "90" 后遇到 "90" 岁

"我叫蕾奥妮，这是我的德语名字。请问您的中文怎么这么流利？"我很惊讶。

"我在中国待过三年，学了一点点汉语。"

"在哪里？"

"上海。"

"你怎么知道我是中国人？"

"我姨（舒茨太太）刚才和我们讲的。"

"她也会中文？"

"不完全会。只会一点点。"

"请问，我是不是需要对几个文件签字？"

"对，是这个月的长期照护保险的报销单据。我同事已经打印好了，我带你过去。"

舒茨太太的外甥女是她的法定监护人，每个月的照护保险报销单都由她签字。她住在柏林，在每个月需要签字的那一天都会过来看望舒茨太太。

"我可以问你一个问题吗？"我问。

"可以，但是请用德语，我的中文没有你流利。"开心打趣地说道。

"哈哈哈，当然。我在舒茨太太房间看到一套中国瓷器，并且听说她年轻时去过中国。是这样吗？"

"是的。她去过不止一次，而是很多次。具体多少次我也不记得了。我的姨父，也就是舒茨先生，是飞行员，我姨是空姐。所以他们年轻时边工作边环游了世界。"

"太酷了吧！"我说。

"对呀。我记不得他们哪一年去的北京了。那套瓷器就是一位北京的朋友送给他们的新婚礼物。哦，对了，你来自中国哪里？。"

"承德，河北承德。"

"哦，我知道。我和上海的同事去过避暑山庄。"

"天哪，这太意外了！"

"哈哈哈，是的。"开心笑着回答。"我可以和你讲讲我姨的经历，不知道是否能在关于她的照护工作上对你有些帮助。"

"当然。洗耳恭听。"

"我姨和姨父是校园恋爱，毕业就结婚了。婚后有三年异地。后来姨父调回了柏林，他们才得以团聚。他们俩没有子女，不是因为健康问题，而是年轻时环游世界，走南闯北，孩子的事一直没提上日程，他俩也没放在心上。他们差不多走遍了全世界，改天我可以把环游世界的相册带过来给你看看。那位送

当"90"后遇到"90"岁

给他们中国瓷器的朋友。几年前已经去世了。他和他的家人也来过德国。那个时候我还很小,记不得他的样貌了。只记得他带来的稻香村的糕点很好吃。"

开心抿了一口咖啡,继续说:"他们婚后去了北京度假。有一次迷路了,他们就认识了这位姓王的朋友,后来得知他是一位德语系毕业的大学生。

这位朋友带他们玩遍了北京,尝遍了美食。他们在回德国临行前,收到了这套瓷器。我学了中文才认识,这是繁体的喜字。"

"所以说,这不是一套简单的瓷器。它见证了一份友谊的诞生。"我说。

"对。而且不仅见证了友谊,还见证了中国与德国的建交。"

"哈哈哈,有点夸张了,开心。"我笑起来。

"时间不早了,我去看看她们。下次我把相册带过来,我们一起看看。"开心很开心地说。

"谢谢,很高兴认识你,开心。"

"谢谢,我也是。"开心用中文回答道。

晚上我回到房间里,心里在想,世界旅行?这也太酷了吧!这是什么精彩人生啊?哦,对了,为什么那个时代的人拍照片时都不喜欢看镜头，而是要看向一侧呢？

月底，又到了签字的日期。开心如约而至，还带来了那本厚厚的世界旅行相册。

扉页就是著名的万里长城。

我和开心坐在院子里，翻看着相册。

舒茨夫妇在万里长城眺望华夏大地的辽阔；在非洲草原见证动物迁徙的恢宏壮观；在美国羚羊峡谷探索神秘的红砂岩自然奇观；在童话世界的瑞士滑雪；在巴黎塞纳河畔跳舞；在圣托里尼的海边享受夕阳的浪漫；在加拿大班夫国家公园划船体验山湖美景；在挪威徒步，将峡湾的壮丽尽收眼底；在冰岛追逐极光；在京都琉璃光院欣赏缤纷的秋天的光影……每一张照片都深深地震撼着我，这不是一本简单的相册，而是一个辽阔的人生啊！

"所以你是被他们影响，开启了世界之旅吗？"我抬头问开心。

"蕾奥妮，是的。大学毕业后我没有工作，而是选择Gap Year（间隔年）。我先去了澳洲，在农场打工，签证到期后，我回到了德国，进了一家公司工作。很幸运有外派到中国的机会，也让我更多地了解了中国的文化和历史，还学了一些汉

当"90"后遇到"90"岁

语。现在我回到德国生活，但是每年依旧会出国旅行，我想亲自去体验世界的不同、广阔与美，而不是通过报纸、电视和Instagram（一个社交软件）。

当我第一次翻开这本旅行相册的时候，我觉得他俩真的太勇敢了。你要知道，在他们那个年代，不生孩子还是很少见的，是不被传统社会接纳和理解的。我姨现在虽然全失能，但她这辈子都在按照自己的意愿而活，和心爱的人走遍世界，她无比幸福。"

"舒茨先生什么时候去世的？"我问。

"六年前。癌症。"开心回答。

"他俩退休后就回到了莱比锡生活。我姨父去世后，她就抑郁了。可我那时候很忙，忙工作，忙孩子，还忙着离婚。我的生活一塌糊涂、鸡飞狗跳。不能时时刻刻守护她。那段时间多亏了她的好邻居。

我姨每天不出门，在家反复翻着这些相册、他们年轻时候写的信件。当我再见到她时，她骨瘦如柴，走路颤颤巍巍，我很震惊才短短几个月她就发生了这样巨大的变化。所以我立即联系了心理医生和家庭医生。开始她是抗拒的，后来也是抗拒的。谁也犟不过她。她的照护需求超出了家庭照护能力，我不能隔三岔五从柏林跑到莱比锡，她的邻居也已经年迈，我们更不能一直麻烦别人。在等了几个月后，我们终于等到一个位置，就是入住这里。她在这里开始了心理治疗，同时在热情的工作人员、友爱的'邻居'帮助下，她的状态变得越来越好。只是不爱讲话，但她什么都明白。"

"会好的。"我拍拍开心的肩膀。

"谢谢。"

开心的眼眶突然泛红，她连忙转身，说院子里起风了。我见状也随声附和。

那天送走她，我想起舒茨太太的妹妹。上次会面结束后，她俯身亲吻了舒茨太太的脸庞，看着她的眼睛说："你可不能比我先去天堂找爸爸妈妈哦。"

晚上，我坐在窗前，日记写到这里，我的鼻子突然酸起来。

人生啊，走到这里，见一面少一面。每一面都可能是最后一面。

过去啊，用力活过的每一秒，都让生命变得没那么枯燥。

那些走过的路，爱过的人啊，都让思念变得绵绵不休。

舒茨太太和她的先生，在那个时代傲娇地活着，不屈从于传统的社会价值观，更不甘平凡、不牺牲自我。

当"90"后遇到"90"岁

那我的人生呢？20岁出头的年纪，我期待一段怎样的旅程呢？

去法国前我跑到院子里，蹲在晒太阳的舒茨太太面前，抬头望着她，她的眼睛好美，像一汪碧蓝的湖水。阳光穿过发丝，闪闪发亮。我告诉她我马上去旅行了，自己背包穷游。她盯着我，突然开口问："去哪儿？"我回答："法国，巴黎。"

她笑着，长长的睫毛忽闪忽闪的。

我转身离开时，她开口讲了一句中文："旅途愉快。"

"谢谢您，舒茨太太。"

2015年11月

莱比锡

注：德国《长期照护保险法案》于1995年1月1日正式实施，长期护理保险作为社会保险的一个独立分支被引入。所有拥有法定和私人保险的人都有全面的强制保险。所有拥有法定医疗保险的人都自动加入了社会长期照护保险。有私人健康保险的人必须购买私人长期照护保险。

长期照护保险的资金由国家、雇员和雇主共同分担。需要照护的人什么时候能从保险中得到服务？这些服务内容取决于照护需求的时间、照护等级和照护的类型。是否有人只需要在日常家务和购物方面得到帮助？这个人能够很好地走路 / 活动吗？他们可以在家里生活，还是需要在养老院里得到 24 小时的照护？根据对独立和能力的限制程度，将被提供不同程度的照护服务。这是德国养老产业发展和惠民政策的重要里程碑。（资料来源：https://www.bundesgesundheitsministerium.de）

2015 年
12 月

80 岁的优雅

当"90"后遇到"90"岁

施瓦茨太太住在一楼的花园边，是位神秘的优雅女士。

她是一个护理等级为零级的老人，不需要为她提供任何照护服务。只需要每天早晚两次问候即可。

早晨8点，我照常按响她的门铃。

"早上好，施瓦茨太太。您一切都好吗？"我亲切地问候她。

"早上好，谢谢，我一切都好。"施瓦茨太太脸上挂着礼貌性的微笑，一只手扶着门，另一只手护在胸前。

晚上的时候不需要按门铃，直接开门进去即可。因为每天20：00—21：30她在看电视，她可能听不到门铃声。

她家小而精致，入口处放着一个三层高的雕花的老式鞋柜。

80 岁的优雅

一面镶嵌着花藤，金色的椭圆形镜子。走廊两侧则挂着很多印象派画作，我叫不上名字，只觉得好看。踩在毛茸茸的地毯上，我想：哎，明天换一双好看点的袜子吧。

施瓦茨先生两年前去世。他们的女儿定居美国。施瓦茨太太干脆直接住进养老院，提前做好准备。

她平时独来独往，很少见她与大家在一起，她也不会经常参加养老院的Party。她拥有一个小花园，种了很多绿植和花卉。天气好的时候，她喜欢倒一杯香槟，撑开遮阳伞，躺在躺椅上，戴上墨镜，静静地享受被阳光宠爱的每一刻。每周六她都会打扮得体去莱比锡布商大厦音乐厅（其管弦乐团是世界知名乐团，浪漫派作曲家门德尔松曾在此担任首席指挥）听古典音乐会。每年6—8月她不在家，而是外出度假。她家里每天都有新鲜的玫瑰花，有的时候是香槟色，有的时候是白色，有的时候是粉色，有的时候是鲜艳的红色。

施瓦茨太太虽已80岁，但腰板挺直，走路时抬头挺胸，讲话的声音从不刺耳，就像缓缓流动的小溪一样。喜欢穿套装、毛呢连衣裙或者亮色系的针织衫。脸上总是挂着礼貌性微笑。我从没见过她说话时露出过牙齿，更没见过她大悲大喜的样子。即使在家，她每天也会化妆。她的妆感和本人反差巨大，妆容

当"90"后遇到"90"岁

十分艳丽。

"周六我在布商大厦音乐厅看到您了,"施瓦茨太太说,"但我没好意思上前打扰您。"

"啊?是吗?不好意思,我第一次去布商大厦音乐厅,像游客观光一样,拍了好多照片。希望我没有太失礼。"我的语气里有些害羞和怯意。

"没有,没有。您最喜欢哪位古典音乐家或者古典乐曲目?"施瓦茨太太好奇地问。

"弗兰茨·李斯特。"我回答。

"我喜欢他的《钟》。"施瓦茨太太说。

"我也是。我就是听了他的《钟》才喜欢上他的,还有他长得太帅了。"

施瓦茨太太低头浅笑,说:"年轻人啊。"

那次在院子里的简单交谈,让我和施瓦茨太太的距离近了一步。因为我以后每次去问候她,她的手不再护在胸前,而是自然地垂在身体一侧。

我们偶尔会简单地聊聊天。工作时间我是护士,到了休息时间,我们是邻居。

我也开始在家里尝试养植物,但是没过几天植物就"安息"了。

圣诞前夕，养老院照例举办了一次圣诞Party。邀请每一个在院老人，日托中心的老人或居家护理的老人都来参加。同事们准备了圣诞大餐，热红酒，德式小品，答题竞猜，等等。这种活动肯定少不了我，我似乎已经能闻到烤鸡的味道了。

"施瓦茨太太，本周五会举办一年一度的圣诞Party。您想参加吗？"虽然我知道她肯定不来参加，但还是会礼貌地问一下。

"好啊，几点？"施瓦茨太太回答。

"哦……17：30—21：00。"我愣了一下，略有些惊讶地回答。

"好的，周五见。"施瓦茨太太笑着说。

我跑回办公室和同事说起这件事，大家都感到惊讶。同事让我描述当时的情景，大家又兴奋又惊喜。老板听闻特意跑来问我：

"蕾奥妮，你是不是用了什么中国的魔术？"

"没有，没有，我只是很简单地问了一句。"

"谢谢你。"老板说。

"谢谢你，蕾奥妮。谢谢你，苗。"同事们也异口同声地说。

03

当"90"后遇到"90"岁

我也没做什么特别的事啊，为什么大家要感谢我？不过，今天施瓦茨太太笑的时候我看到了她的牙齿，很白。

憧憬着烤鸡的香味，日记写到这里，我已经在莱比锡快四个月了。

从最初的陌生与排斥，到现在逐渐适应，我开始融入老人们的生活里。

透过窗户，看到对面老人们的阳台和窗户装饰得非常具有童话般的感觉：星星点点的灯光、胡桃夹子、木制拱桥灯、木制金字塔灯。院子里也竖起了圣诞树。这是我在德国过的第一个圣诞节，谁会送我苹果呢？

一共有35位老人参加周五的圣诞Party。大家打扮得很"圣诞"。我戴了一个圣诞树的发箍，在今晚的节目中扮演圣诞树。日托中心的护士长苏萨娜担任今晚的主持人，在她爽朗的笑声中，Party开始了。

以传统形式开场——喝酒，大家共饮专属圣诞节的热红酒。养老院的司机西蒙扮演圣诞老人，他的胡子帮他争取到了这一角色。莎拉扮演小天使。他们来到施瓦茨太太面前，说："亲爱的女士，请允许我为您送上真挚的圣诞祝福。愿您在新的一年健康幸福。"随后施瓦茨太太开始从莎拉的小木筐内挑选礼物，

80 岁的优雅

一个带有翅膀的小天使挂件。

"谢谢你们。"施瓦茨太太对他们说。

同事们都对施瓦茨太太今天能参加圣诞Party感到激动，我却感到疑惑，为什么？

托身高的"优势"，我得到了圣诞树一角（我比较矮小，方便老人们摘取礼物，因为有些老人已不能挺直腰背）。我打扮成圣诞树，全身挂满礼物。所有在竞猜活动中胜出的老人都可以在我这里"摘"走一份小礼盒。

施瓦茨太太在第一轮Bingo（一种填格子游戏）中胜出，所有人热烈鼓掌，那情景就像每个人中了乐透大奖似的。

我这棵圣诞树走到施瓦茨太太面前，她开心地看着我，说：

"您今天实在太可爱了，我第一次见到中国的圣诞树。"

大家也齐声笑起来。

"谢谢。施瓦茨太太您知道吗？我不是简单的中国版圣诞树，我还是一棵中文十级圣诞树。"我打趣道。

随后，笑声更加强烈了。

光笑哪行，聚会哪能少得了温情环节。

同事们播放了今年我们与老人拍的照片。搞怪的、端庄的、故意摆拍的、可爱的、不经意抓拍的，等等，都让大家陷入这

当"90"后遇到"90"岁

一年的回忆中，流下了和热红酒一样的温热的眼泪。苏萨娜讲得太煽情，我一时间忘了她平时雷厉风行的工作作风。

我在施瓦茨太太身边，我们互相对视。

"施瓦茨太太，您的眼睛里有'珍珠'（暗指眼泪）。"我轻轻地说。

"您也是。"施瓦茨太太浅浅地笑了。

节目和活动结束后。我们开始了大餐环节。同事们和我脱去装扮服装，同老人们坐在一起享受着美味。我坐在施瓦茨太太对面。我使用刀叉的"熟练"程度就像德国人使用筷子一样。施瓦茨太太见状，微微欠过头，示意我看她。她向我演示如何正确使用这种"洋气"的餐具。我只见她撸起袖口，拿起鸡腿，紧接着就是一大口香嫩的肉。

"就这样。"施瓦茨太太一边咀嚼着肉，一边对我说。

旁边的老人也看呆了，同事们盘里的美餐好像也不香了，都纷纷看向我们。

院长和其他领导也睁大了眼睛。

"这鸡腿肉烤得很不错。"施瓦茨太太对大家说。

我们这才齐刷刷缓过神儿来，大家又开始闹哄哄了。旁边的维滕伯格教授也像我们一样拿起鸡腿，咬了一大口。我们都开心地笑了。

哪有那么多规矩啊！

饭后我们品尝了意式冰淇淋，我和同桌的老人们聊起今年在巴黎的旅行以及明年的旅行计划。

"巴黎的浪漫都在焦糖布丁里。"我开心地手舞足蹈起来。"您知道吗？我走在巴黎的街道上，觉得自己好土。那些人太时髦了，他们走在街上，无论看起来年纪多大，都是优雅的代名词。我看到很多年纪稍大的女士，戴着贝雷帽，丝巾巧妙地系在颈部，涂抹颜色火辣的口红。无论身高和身材如何，都会穿着有收腰效果的衣服。没有人在意眼角的皱纹，她们把这些当作美丽的装饰品。这些都让我大吃一惊。"

"所以，你如何理解'老人'的优雅？"施瓦茨太太问我。

"我不知道，我想我没有深刻的理解，什么叫优雅。"

"什么是优雅？什么是老年人的优雅？我们如何优雅地度过生命最后一段旅程？有的人认为，老年人穿着打扮不能太花哨，意思就是我们要打扮朴素、低调，还要有点质感。这种质感一定够'老'。去音乐厅听古典乐不是优雅，是一种爱好；烈焰红唇不是优雅，是一种对美的追求；收腰的连衣裙不是优雅，是个人穿搭的喜好；用刀叉用餐不是优雅，是这里文化中的用餐习俗。孩子，请允许我这样称呼你。我不能告诉你什么是优雅，这需要你自己探索，找到属于自己的'优雅'。年纪赋予了我们丰富的人生经历，时间赠予了我们一道一道皱纹，你也可以将它视为80岁的我们想向外界展示的优雅。这种优雅，在这场生命里酝酿了几十年。"施瓦茨太太用餐巾一角擦了擦嘴边的汤汁。

此刻的我，醍醐灌顶。

"您的耳环真漂亮。"我说。

"谢谢，它80岁了。"施瓦茨太太端起热红酒。

我们都心领神会地笑了。

Party 结束后，我们与老人们互道晚安。

施瓦茨太太刚要出门，我叫住了她。

"施瓦茨太太，您可以告诉我怎样才可以养护植物吗？像您的花园里的一样。"我问。

"买新的。"

回到家，我写下施瓦茨太太对优雅的理解。

我只看到了她外在的优雅，但没有洞悉到她对生活的热爱、对年龄的坦然以及来自岁月赋予的淡定。

老人为什么不可以穿 V 领连衣裙？

80 岁的优雅

老人为什么不可以涂火焰般的口红?

老人为什么不可以留性感的八字胡?

老人为什么不可以穿牛仔裤?

老人为什么不可以拥有潮流单品?

老人为什么不可以打扮靓丽?

老人为什么不可以把睫毛卷上天?

老人为什么不可以烫大波浪?

老人为什么不可以穿短裙?

老人为什么……

你如果觉得奇怪,那就去巴黎街头看看。

圣诞节快乐。

原来圣诞节不吃苹果。

等等,还没说大家为什么对施瓦茨太太的反应如此之大?

为什么? 那是我们对优雅有偏见。

2015 年 12 月

莱比锡

我独自老去

当"90"后遇到"90"岁

我对面住着一位和蔼可亲的绅士爷爷。他少言寡语，只要他坐在那里，就有一种"镇静"效果。那种气场和眼神有点像中国的太极。

施耐德先生有一辆自动助步车，不需要驾照即可驾驶。飙起车来，非常拉风。我同事经常开玩笑："施耐德先生，这可不是高速公路，别让警察拦下。"

他每天都穿戴整齐，而且很会搭配服装。有一整个衣柜的各式西装、衬衫和领结。家里收纳得非常整齐，每一件东西都有自己的位置，并且都贴好了标签。家里一尘不染，茶几上的书沿着边贴在桌面上。

"真香啊，您今天做什么好吃的？"我闻着香味儿走进厨房。

"简单做点儿。您有什么事？" 施耐德先生擦了擦手。

"我想问问您，降压药还有多少。昨天我忘记了，今天我联系家庭医生给您一起开药。"

"好，稍等。"

他摘下围裙，又擦了擦手，走进客厅。

"还有五粒，能吃到这周五。"

"好，那我今天再给您开一盒。"

"谢谢，哦，对了，稍等一下。"

他说完就走进屋里，拿出一盒巧克力。

"这是给您的，谢谢您这几天的帮助。"

"谢谢，应该的，这是我的工作。"

他口中的帮助是穿脱静脉曲张袜。家庭医生建议更换一款新袜子，这款新袜子他自己穿起来很费力，所以我每天帮他，并且让他逐渐适应。

"肉汤快煮熟了，您要尝一尝吗？"

"不了，谢谢您，下次吧。家庭医生等我回电话。"

"好。"

我瞥见了茶几上放着一个关于器官捐献的册子。

周末我去超市购物，出门的时候遇到施耐德先生。

当"90"后遇到"90"岁

"您也要去购物？"

"对啊。上车，我载您一程？"

"谢谢，不用了。我怕我晕车。"

"我们一起去吧，我开慢点儿。一会您可以把东西放在车上。"

"行，走。"

在路上，我们有一搭没一搭地聊着天。

"您来这里很久了吧？"他问我。

"嗯，有几个月了。"

"喜欢德国吗？"

"喜欢。您可以用'du'（你）来称呼我。"

"好。你的家人也在德国吗？"

"没有。只有我自己。"

"好勇敢的女孩子。"

"谢谢您。"

购物结束，我把东西放在了他的车上。

"我请您吃个冰淇淋吧，作为我的感谢。"

"好的。"

"您吃什么口味的？"

"薄荷，谢谢。"

我们坐在商场外的一棵树下，今天天气很好，太阳心情也好。

"您在这里住多久了？"

"今天是我在这里住的第6年。"

"哇，这么久？这么巧，今天？"

"对。"施耐德先生吃了一口冰淇淋，"这个薄荷冰淇淋一如既往的好吃。我记得刚来这里入住的时候，我来购物，也是吃了一个薄荷味冰淇淋。"

"施耐德先生，我可以问问您之前是做什么工作的吗？我看到您的家里摆放了一些飞机模型。"

"当然。我退休前是机械工程师，飞机方面的。"

"哇，赚了不少钱吧。"

"哈哈，也没有。"施耐德先生笑着说。

"我上次在您房间看到了器官捐献的小册子。抱歉，我是不经意看到的。"

"哦，没关系。对，我前段时间在了解这方面的信息，并且打算去世后将我的器官捐献出去。"

"您为什么会有器官捐献的想法？"

当"90"后遇到"90"岁

"因为我不需要它了。但是有人可能会需要。"

"那您的家人会有意见吗？"

"家人？我没有家人了。"

"哦，不好意思。我这样讲实在太冒犯了。"

"没关系，没有冒犯。我没有家人。我的父母早就安息了。我也没有结婚，没有子女。其他的一些亲戚大多在基尔，我在莱比锡退休后，选择定居在这里，不想折腾了。"

"您太酷了。"

"为什么？因为未婚未育？"

"这是一点，还有就是您身上总有一种能让人瞬间平静的气场。"

"那是因为我老了，孩子。我年轻的时候和你们一样。"

"不，您一定有一个比我们更加精彩的人生。"

"看来这个冰淇淋不能白吃啊。"

"我洗耳恭听，机械师先生。"

"其实也没多精彩。我在莱比锡大学毕业后，就留在了这里工作，直到退休。我很热爱我的工作，也很享受工作的时光，尤其是一架飞机成功设计和生产后。那种自豪和成就感就像自己的孩子终于长大了。你也可以认为我是个工作狂，我确实很沉迷自己喜爱的事物。我活在自己的世界里。"

"那您从来没有结婚生子的计划吗？"

"有过。30岁那年我本来要和相恋3年的女朋友结婚，不过她因病去世了。"

"抱歉。如果您不想继续聊下去，我们可以结束话题。"

"没关系。我已经很坦然了。从那以后我全身心投入工作。工作就是我的'爱人'，飞机就是我的'孩子'。"他转头看着我笑了。

"在我的周围，很多身边的人都是毕业后就结婚、生孩子。我们应该在二十七八岁组建一个家庭。我也一直认为这是必要且正确的人生选择。"

"蕾奥妮，我活了82年，从未给自己的生活和人生设限以及规划过。提及文化背景，很抱歉，我不能对此做出评价，因为我对中国乃至亚洲文化了解不多也不深。我也不想站在自己的角度去建议你，正确的人生选择是什么。我知道，年轻人最讨厌的就是被建议。于我自己，我只是顺其自然地活着，走一步算一步。从来不会想五年后我要怎样，十年后我要怎样。而是我珍惜当下，把眼前的事做到接近完美。我也没想到过会自己独自走过这一生，可是既然已经走到这了，那就是如此。"

当"90"后遇到"90"岁

"您会感到孤独吗？尤其是在节日的时候。"

"你觉得苏萨娜的大嗓门会让大家孤独吗？（苏萨娜是日托中心的护士长，她的嗓门就像喇叭）哦，我没有恶意，我很喜欢她和她的性格。"

我和施耐德先生一起大笑起来，我们都认为苏萨娜很可爱。

"说到孤独，你们当代年轻人如何定义孤独？"

"就是一个人，或者没有分享的对象，又或者没有倾诉的人。"

"我可能和你有代沟了。我很享受这种孤独，我认为这是我生命中的一种馈赠。我享受独处时那种静谧。你想象一下：夜晚，你打开一盏暖黄色的灯，坐在书桌前观察着飞机模型，想它的组成构架、它飞翔的样子、它每一个零件的功能以及它的工程师的帅气的脸庞。哦，开玩笑，哈哈哈。那是多么美妙的时刻。你仿佛能听到时间的声音，你的思绪荡漾在星空里。"

"这就是理工科的浪漫。"我打趣道。

"难道不是吗？这种孤独感，不是每一个人都可以享受到的。那个时刻的我，觉得内心无比充盈。我的世界无比丰富。"

他吃下最后一口冰淇淋。满足地靠在自动助步车的椅背上。

"捐献器官是我去世前唯一想做的事，也是我的遗愿。上周我把我的遗愿、遗产等细节都与律师商定好了。我不恐惧死亡，因为我认真热爱和珍惜我生命中的每一刻，我也明白，我们人都会走到这一步。这是一段孤独的路，人生即是如此。到最后，我们还是一个人。难道你觉得，结婚和生子后你就不是一个人了吗？我不这样认为，我觉得即使我们建立了家庭，但你还是你，你的爱人还是你的爱人，你的孩子还是你的孩子，他们都有自己的独立空间。你自己也是。"

施耐德先生转过头看向我。

"不好意思，我这个老头子又开始给年轻人说教了。"

"没有没有，我很喜欢听这些。您从什么时候开始觉得自己老了？"

"75岁那年，有一天我清理冰箱，半个小时后，我发觉自己不能像以前一样迅速站起来，而是需要借助某个东西支撑站起来。接下来的几周，我的腰痛反复发作，这时耳边仿佛有一个声音告诉我：施耐德，别硬撑了。与此同时，我的身体其他方面也出现了功能障碍。我是个机械工程师，但是我修理不好自己的身体零件。那个时候，我开始适老，从心理层面以及身体层面适应老年以及老年人这两个词。不得不承认我的身体健康现在正在走下坡路，但我要保持积极的心态，让下滑的速度尽量不要太快。"

"面对'老'时，您有过难过的感觉吗？或者被抛弃的

当"90"后遇到"90"岁

感觉?"

"被抛弃?难过?没有。我只是有一种'突然'的感觉。我怎么突然就退休了,怎么突然就八十几岁了,怎么突然眼花了。"

"前段时间,老师问我们如何理解衰老?"

"你怎么回答的?"

"我没有回答。因为我我不出一个合适的词又或者一句话去形容衰老。有的同学说对新鲜事物不再感兴趣;身体机能下降;喜欢安静;需要戴老花镜和助听器;看家庭医生的频率变高;降压药当成了'日常零食'等。可我不赞同,也不反对。我只是觉得这些都不能准确地形容衰老。"

我擦擦嘴边的冰淇淋,看向施耐德先生:"施耐德先生,我们回家吧。"

"好。"

晚上我坐在窗前,对面施耐德先生的房间还亮着灯,这个时间他应该在看电视。戴着他的索尼挂耳式耳机,把音量调到3档,沉浸在自己的世界。

什么是衰老?我望着窗外的星空开始思考。

两周后的课上,我们看了一部影片: *Sein Letztes Rennen*(《最后一次赛跑》),由迪特·哈勒沃登主演。这部

我独自老去

影片讲述了男主与老伴儿住进养老院后，试图通过训练再次跑步并像年轻时一样参加柏林马拉松来证明自己"未老"和摆脱别人对"老"的偏见。女儿的不支持，养老院工作人员的劝说以及同院内其他老人的不赞同都没有让男主的信念有一丝减退。影片的最后，男主的老伴儿已经去世。男主怀着坚定的信念跑完了马拉松。那一刻，他重拾了参加马拉松的梦想，像当年一样。这部影片并没有提倡老人要突破极限，而是想传递一种对于衰老更加宽容以及更加客观的理解。

那天放学后，我终于可以在日记里写下对衰老的理解：

我的身体有可能不再像年轻时那样充满活力；我的皮肤开始变得松弛；我的眼角慢慢长出了皱纹；我的胳膊上逐渐有了斑斑点点。就像一棵树，到了秋天，绿色变成了金色；我可能会需要专业人员协助我进行个人护理；我享受着社会提供的老年人福利；遇到小朋友，他们开始称呼我为奶奶，大朋友们称呼我为阿姨；这是衰老的外在表现。而我与内心交流时，衰老只不过是一个时间段。它并不能直接代表我失去了开车的能力，独自外出的能力，独自生活的能力以及思考的能力。

我有衰老的权力，我也拥有选择的能力。

我独自面对我的生命时，我依然希望在这个时间段里活得

当"90"后遇到"90"岁

丰富、充实、多彩且有活力。而不是应该像一棵枯萎的树等待龙卷风的呼啸;

我独自面对星空时,我明白未来的某天我也会变成一颗星星,无论大小,一定闪耀。那是我在这段生命的路上采集的力量与勇气;

我独自面对四季时,我仍然有心情欣赏自然生命的壮美与魅力;

我独自在深夜面对飞机模型时,我依然对自己以及工作感到骄傲;

我独自老去时,我可以很自信地说:"我不是越来越老,我是越来越好。"

第二天,我把这段话拿给施耐德先生看。

他认真地读完,对我说:

"下次我要吃两个薄荷味冰淇淋球。"

"没问题。"

我们的笑声回荡在春末的风里。

2016 年 5 月

莱比锡

中国孙女

当"90"后遇到"90"岁

"这个钱是给你的，我不能收啊。"苏萨娜退后一步，向我摆摆手。

"这也太多了，我也不能收啊。"我向前一步，手继续伸给她。

"这是菲舍尔太太的一份心意，收下吧。"

菲舍尔太太得知年底我要回中国看望家人，午餐后把我叫到她的房间，给了我两百欧元。像中国式奶奶一样，她使劲儿往我手里塞，我使劲儿又塞给她。我俩互相拉扯，互相推搡，那情景就像拉锯一样。

"拿着，给你的。"

"太多了，我不能要。"

"闭嘴，奶奶的一点心意。"

"菲舍尔奶奶，我不能要。"

"怎么不能要，这是奶奶给的。"

"实在太多了，不可以。"

"不多，快拿着，好孩子。"

"不行不行。"

"我还是不是你的奶奶，你是不是我中国孙女，是就拿着。"

"哎呀，不行。"

"你是要气奶奶吗？"

"不是不是。"

"拿着！"

两百欧元被装进一个小信封里，已经被我们俩揉搓成一个小纸团。

这件事让养老院的院长也非常震惊。因为在德国，几乎没有发生过这种事情：对一个亲属以外的人这样大方。院长告诉我："这钱我也不能收。这是给你的，那就是你的。"

那是一个天气阴沉的午后，菲舍尔太太坐在轮椅里，在院子里发呆。我跑下楼倒垃圾时看到她，开始闲聊起来。

"您还好吗？"

当"90"后遇到"90"岁

"我挺好的，谢谢你的问候。你也挺好的吗？"

"我也挺好的。"我蹲下身，"今天天气不好，您不想在房间休息吗？"

"我想出来透透风，房间里只有我自己。"

"我理解。我的房间也只有我自己。"

"你要不要来我家里玩儿？冰箱里有草莓蛋糕，我们可以一起喝个下午茶。"

"可以，太棒了。"

我推着菲舍尔太太回到房间。门口挂着戴着小草帽、挎着小木篮的玩偶的就是她的房间。

"咖啡一会就好，你先坐下。"

"我帮您摆一下餐桌和餐具。"

我和菲舍尔太太一老一小在厨房忙碌着。

"这是您自己烤的吗？"

"不是，是我女儿带来的。合你的口味吗？"

"嗯，很美味，谢谢。"

"你长得很像中国娃娃。"

"我就是中国人啊。"

"哦，你是中国人？是我记错了，他们以前和我讲过，我记成其他亚洲国家了。"

"你也是一个人在这里，你的家人呢？"

"都在中国。"

"他们以后会来这里吗？"

"不会，他们不会适应这里的生活。年底我会回家看望他们。"

"好坚强的孩子。"

蛋糕太好吃了，我狼吞虎咽地吃起来，满嘴都是奶油。菲舍尔太太拿来一个新的手帕。

"好孩子，慢点儿吃，还有呢。"她边说边给我擦嘴。"慢点儿吃，慢点儿吃。"

"不好意思，我太失礼了，但是蛋糕实在太好吃了。"

"你喜欢吃，下次我让女儿多带一点儿。"

"不用不用，我尝尝就行了。"

"我先生也喜欢吃草莓蛋糕。以前我们在乡下住的时候，都是我亲手烘焙。"

菲舍尔太太说着说着，眼圈开始泛红。

"菲舍尔太太，您还好吗？"我放下蛋糕，走近她，抚摸着她的肩膀。

当"90"后遇到"90"岁

"哦，我的好孩子，谢谢你。你真的是一个心地善良的好孩子。"她握住我的手，泪眼婆娑地说。

菲舍尔太太四年前住进养老院。她的丈夫，菲舍尔先生，四年前因病去世。他们住在莱比锡的乡下，距离市中心 1 个小时路程的静谧的村庄。他们年轻时候自己亲手建了房子，一住就是几十年。

菲舍尔太太有两个孩子。老大是女儿，住在养老院附近，可以经常来看望她。老二是儿子，住在科隆，他们的关系并不和睦。菲舍尔先生去世后，她卖掉了房产，住进了养老院。虽然与儿子关系不和睦，但作为母亲，还是拿出 4 万欧元赠予了他。

她今年 84 岁。护理等级是三级，需要使用轮椅，可以在他人协助下从轮椅转移到床或者沙发上。日常照护包括协助擦洗身体、协助沐浴、穿脱衣和给药等。她像很多传统的德国女士一样，什么事都会亲力亲为，即便现在健康状况逐渐恶化，但她依然尝试去做一些力所能及的事，也愿意加入照护工作中，协助护士们。

菲舍尔太太不是传统的家庭主妇，她生育了两个孩子以后，就在家附近的工厂做半职工作。她主要负责检查一些食品的包装等。她的先生是个水电工，也是村庄里唯一的水电工。他们夫妇这一辈子从未红过脸，相敬如宾，互相扶持了六十余年。他们热情好客，乐于助人，低调简朴。

菲舍尔太太拿出相册给我看。

院子里是一大片花园。鹅卵石铺成的小路从入院开始一直蔓延到了房子的门廊前。穿过长长的、爬满葡萄藤的走廊，就到了花园里。房子右边是修建的乘凉的小亭子，被五颜六色的花朵簇拥着；左边种了一些日常食用的蔬菜瓜果。菲舍尔夫妇还给小鸟们搭建了一个小房子，每天他们都会在里面放一些鸟食。

"那里再也不是我的家了。"菲舍尔太太摸着照片，"我们在那里生活了六十几年，很可惜，现在我必须离开它。"

在她的"必须"里充斥着无奈。由于健康问题，她不得不做出这样艰难的决定。

菲舍尔太太抬起头，她的眼里仍含着泪水，"我的儿子20岁离开家，和一个好吃懒做且势力眼的女人去了科隆。我们的关系从那天开始持续僵化。开始的时候他还会在圣诞节给我们寄来一张贺卡或者打一个电话。因为那个时候他和那个女人都没有固定工作，经济不稳定，经常和我们要钱。在我先生拒绝

当"90"后遇到"90"岁

为他们支付任何账单或经济上的支援后，他们大吵了一架。那次以后我们就失去了联系。直到我先生前几年去世，他通过他姐姐——我女儿伊尼斯联系到我。我知道，一定是那个女人又在背后耍把戏，想在这个时候分财产。他们这些年没有生育孩子，更没有勤奋工作，一直领救济金，住在政府提供的救助房里，并且整日酗酒。我难以想象那是我的孩子。我到底做错了什么。可能他小时候我给予的爱太多了，太溺爱他了。住进养老院前我拟订了遗产协议。我一次性赠予了他 4 万欧元，并且让律师拟订好，在我去世后，剩余财产他无权继承。"

"他同意了？"

"开始本来不同意，想获得更多。但是我斩钉截铁地告诉他们，如果不同意，一分钱也分不到。"她和我模仿当时的样子和语气，那是典型的德国女性的强硬态度。

她拿过毛毯盖在膝盖上。

"我女儿是个苦命的人。她结婚后养育了三个孩子。这三个孩子在成年后都离开了家。一个孩子定居在英国；一个孩子定居在瑞士；另一个孩子定居在新西兰。她丈夫 45 岁那年出了车祸，下半身截肢，常年瘫痪在床。那些年，她白天在家照顾他，晚上她去工厂的库房做兼职。这份兼职工作是我通过老朋友介绍的。"

"那她先生这个护理等级可以享受流动性护理或住进疗护院啊。"

"你说得对。一方面她丈夫拒绝了，另一方面如果我女儿作为家属承担照护工作，那么每个月的照护费用将会直接打入他们的账户。这是一笔可观的钱。"

"原来如此。但是她太辛苦了。"

"对。所以我卖了房子后，给了她5万欧元。而且在我去世后，她将继承我的所有财产。"

"这就是父母的爱。"

"对。不然呢？我不能眼睁睁看着自己的孩子受苦，她在这个世上还要活那么多年。"

"那她现在还工作吗？"

"她还在继续工作。在孩子们的劝说下，她先生同意入住疗护院，所以她的负担减轻了很多。现在她找了一份超市的半职工作。"

"看来在不同的文化背景下，父母与子女的关系其实差异不大。在中国，父母会在各个方面扶持孩子，包括买房、建立家庭以及对孙辈的照顾与培养。"

当"90"后遇到"90"岁

"你们的文化中很注重尊老爱幼,但在德国不完全是这样。父母与子女的关系并不像你们那样足够亲近。"

"她的孩子没有给他们提供帮助吗?"

"没有。你是不是觉得很意外?那是他们的父亲啊。"

"对。我无法理解。"

"我知道,这点你理解起来会很难,但在这里就是这样。你是你,我是我。即便是亲子关系也是如此。如果父母或者孩子们愿意,也会互相在经济上以及生活上提供一些帮助。但是这并不是义务,而是属于自愿行为。"

"谢谢您,菲舍尔太太。这让我对亲子关系又有了新的认知。"

"不客气,好孩子。我无法告诉你这是否是一种平衡的亲子关系,我说的只是德国的一种现象。还有,你可以叫我奶奶,你和我的外孙女年纪相仿。你就是我的中国孙女。"

"好的,菲舍尔奶奶。"

我躺在菲舍尔太太的肩膀上,想起了我远在中国的奶奶。

我来到莱比锡已经半年多了。从菲舍尔奶奶的家里出来,思乡的情绪越来越强烈。

我记得刚到这里的时候,我对自己说,我可以五年不回家。

而现在，我好想念我的爷爷奶奶、爸爸妈妈。我从未有过这样的感觉：距离越远，思念越长。

即便我跑到了离家7000多公里外的地方，但是我与家人的关系依然保持着虽远但亲密的状态。虽然我无法陪伴他们，但是我在地球的另一边，用强烈的思念表达着我对他们的爱。

在那以后，我经常会帮助菲舍尔奶奶做一些额外的小事。比如，给阳台的花浇水；给小鸟们补充新的鸟食；帮她取报纸；为她读小诗；和她一起做数独；等等。

她也经常帮助我：帮我缝补破洞的衣服；给我漂亮的桌布；与我分享传统的德国菜谱；下班后把我叫过去吃蛋糕；等等。

"你昨晚很晚才睡？我透过窗户看到你的灯一直亮着。"

"对。我下周有一个法律考试。"

"哦，我的孩子。你一定可以考出想要的成绩，你是我最聪明的好孙女。"

临走时，她从厨房拿出来一个小盒子，里面装着五种不同的德式香肠。

"孩子，晚上学习饿了的时候就吃一点。别学太晚，身体最重要。"

"好的，谢谢奶奶。"

当"90"后遇到"90"岁

　　菲舍尔奶奶给予我的钱，我没有用作回家的探亲费，而是在以后的日子里，隔三岔五给菲舍尔奶奶买一些日用品。

　　就是这些微不足道的小事，却让我们彼此的内心充满了温暖。这些跨越种族、民族和国界的情意让我至今难以忘怀。

　　我反复斟酌菲舍尔奶奶说的话，开始思考我与家人的关系，我从小接受的教育。

　　在这样的一个时代，养儿防老是否还是父母孕育子女的一项"保险投资"？

2016年6月

莱比锡

　　后记：菲舍尔奶奶在2019年因病去世。那时我已回到中国。她的女儿给我发了邮件。2019年5月16日，北京时间22：00。她是在睡梦中走的，没有疼痛，床边放着我离开德国时送给她的中国结。

　　那一晚，我辗转难眠。

　　"菲舍尔奶奶：

这里的草莓蛋糕没有那么好吃。我好久没有和您说晚安了，没想到这一次，您要睡很久很久很久……

您能听到我的祈祷和哀悼吗？通往天堂的路上，菲舍尔先生已经为您点好了灯吧。您多保重。我将永远无限地思念着您，在中国，这个距离德国7000多公里的地方。"

您的中国孙女

忘不了爱你

当"90"后遇到"90"岁

"您喜欢吃三角形的还是半圆形的？"米勒太太一边问我一边从冰箱内拿出昨天她外孙带来的西瓜。

"三角形的，谢谢。"我回答道。

几年前她患上了类风湿关节炎，手部关节功能退化得厉害，有明显的畸形。日常切东西、握笔和使用刀叉都有困难。

"我来帮您吧。"我伸过手，她转头笑着说："让我自己来。"

我们坐在阳台聊天，德国夏天的傍晚和口中的西瓜一样清爽。

"我先生生前最爱吃西瓜，每次切西瓜的时候都会问我：'我的小茉莉（米勒先生对她的昵称），你这次吃三角形的还是半圆形的？'"米勒太太用她绣着一圈金丝边的手帕轻轻擦了下嘴角，接着说："他是个木匠，我从来没想过会嫁给一个木匠。我17岁时也和其他女孩子一样，幻想与英俊潇洒的王子的爱情，而不是一个每天把记号笔随意夹在耳朵上，穿着褐黄色工装背带裤，脚踩黑色大头皮鞋的粗糙的莽夫。哈哈……"米勒太太的笑声回荡在院子里。

"哦，对不起，我笑得有点失礼了。"

"没关系，米勒太太。"

她看向院子里的绣球花，继续回忆道："他是我们村庄手艺最好的木匠，也是唯一的木匠。17岁跟随他的父亲学木匠手艺，手巧得很，嘴也巧得很。"米勒太太向我挑了个眉，继续讲："我们同龄，那个时候我在面包店做学徒。面包店需要整修几张桌椅，我去找了他和他父亲，那是我们第一次相识。后来也不知道为什么，整修过的桌椅没两天就又坏掉了，我师傅忙，我不得不隔三岔五就去找他。直到我们结婚后他才告诉我，他偷偷在桌椅上做了小动作，就是为了增加我们见面的机会，你看，这个坏男人！哈哈……"

"你们多大结的婚？"我问道。

"20岁我们就结婚了，第二年我们的女儿安娜出生。初为父母，我们两个年轻人忐忑地小心翼翼地照顾着这个小家伙。

当"90"后遇到"90"岁

安娜的儿童床、婴儿车、餐椅包括小玩具都是他亲手制作的。我们有了自己的小家。我现在还清晰地记得那些日子。"米勒太太咬了一口西瓜，然后看向我，微微一笑。

风开始凉起来，她把毛毯盖在膝盖上。毛毯上面绣着一行字"送给我最爱的女孩，小茉莉。"她摸着那行字，轻声说："谁会想到一个男人的结婚礼物是一个毛毯呢，谁会又能想到我竟然答应了呢！"米勒太太托着下巴继续说："我和孩子被他照顾得很好，他每天忙完木匠铺子的工作就马不停蹄地回家陪我们。每到周末他就给我做南瓜奶油汤。我们一直住在乡下，所以有大把的时间去森林散步，在田野发呆，到菜园种植蔬果或者干脆待在家里，依偎在毛茸茸的毯子里，只有我们仨。"

米勒先生70岁的时候被诊断患了阿尔茨海默病，起初他和家人都以为只是年纪大了，健忘而已。直到有一天他走失了。米勒太太接到警察的电话，那一刻她心想：我好像感觉要失去他了。

家庭医生确诊了米勒先生的病情。一家人一时间无法相信，也无法接受，更无法面对接下来的生活。好强的米勒先生依然尝试回到原来"正常"的生活，但他在一次又一次地挣扎中，彻底"迷路"了。

忘不了爱你

有的时候米勒先生还能叫得上家人的名字，有的时候却变得很愤怒，把他们当成坏人。他会把报纸放在冰箱里；随身带着一个小本子，上面歪歪扭扭写着一些数字，年月日或者写到一半的地址；他把日历的日期撕掉或者乱涂；在夜里两点起床做早餐；把咖啡机放在烤箱中；等等。

有一天他心情极佳，在厨房切西瓜。米勒太太走进来，他问："你是新搬来的邻居吗？"虽然米勒太太早有心理准备，但是这一刻她仍然无比心痛和心疼。她强忍着泪水，回答："对，请问米勒太太在家吗？""她不在，她去接安娜放学了。我正在给她们准备西瓜和甜点。"米勒先生说完就自顾自地准备起下午茶。过了半小时，米勒太太从花园回来，米勒先生问："小茉莉，我切了三角形和半圆形的西瓜，你想吃哪一种？"说完他端来水果盘，米勒太太震惊地看着盘子里的形状不一的西瓜皮，久久不能平静。

"都可以，亲爱的，谢谢。"米勒太太抚摸着他的肩膀。

病情加重，最难的还是在夜里。米勒先生经常日夜颠倒，他甚至会在夜里一点去工具屋找出几块木头开始在院子里干活。电钻发出的刺耳声音让邻居也无法安眠，米勒太太为此感到非常抱歉，又无能为力。

当"90"后遇到"90"岁

他们的女儿安娜从丹麦回来，再次提议把米勒先生送进阿尔茨海默病护理公寓，因为那里有专业的照护人员。米勒太太这一次终于妥协了。

搬家的那天是一个晴朗的周六。到了午餐时间，他们做了南瓜奶油汤，烤了土豆饼，就像很久以前一样。午餐后他们三个人翻看着过去的照片，毛茸茸的毯子把三个人裹在一起，边看边笑边流眼泪。米勒先生突然说了三个字："对不起。"

安娜握紧他们的手，就像她小时候被握紧一样。

米勒太太选了家中几个实用的家具搬到了护理公寓内。她和安娜把房间装扮得尽量接近家里的模样。米勒先生面对新环境有些抗拒和胆怯，第一个月是米勒太太陪他在护理公寓度过的，然后逐渐让他适应。

护理公寓很温馨，工作人员会根据季节变化在公共区域布置特色的装饰品。米勒太太说有一次他去看望米勒先生，有一位阿尔茨海默病老人在大厅里挎着小篮子，邀请她去采蘑菇。那些蘑菇原来是工作人员为老人们摆放的装饰品。这个细节让我感到很温暖，我没想到护理公寓还可以这样。

每天早晨都有护士或者护士助手来帮米勒先生做晨间护理、给药。根据他的意愿选择去餐厅与大家一起享受早餐，或者安静地待在房间内进餐。

在阿尔茨海默病护理公寓的日子里，米勒先生的日常生活非常丰富：音乐治疗、康复活动、协助读书或写字，等等。有的时候还会组织外出参观博物馆、去植物园或动物园。护理公寓周围有一片小森林，天气好的时候，护士们会带大家一起去散步，回到大自然里。让他们去听鸟叫声，感受阳光，鞋子踩在马蹄的脚印上，触摸树皮，等等。

米勒先生在身与心两个方面都得到了专业的照护。

米勒太太说送她先生去护理公寓是一个艰难但正确的选择。

安顿好一切后，安娜回到了丹麦继续工作。往日笑声阵阵的家里现在只有米勒太太一个人。

那几年，她每天吃过早餐后就去看望米勒先生，一直到喝完下午茶。他们有时候在护理公寓的院子里晒太阳，米勒太太会带一些照片给他看，比如新出生的小外孙；有的时候他们就静静地坐在一起发呆，米勒太太靠在他的肩膀上，紧紧地抱住他的胳膊；有的时候米勒太太在一旁看着他与大家做活动；有的时候米勒先生状态不好，发脾气，也认不得米勒太太，她就在稍远一点的地方望着他。

米勒先生生日那天，被接回了家里庆祝。安娜带着全家回

当"90"后遇到"90"岁

到德国来看望他们。小外孙拿着迷你玩具车在米勒先生的胳膊上来回滑动，忽闪着大眼睛喊他："外公。"米勒先生突然眼睛湿润了，他抱起孩子，用脸贴着孩子的额头潸然泪下。

三年后，米勒先生去世了。去世前的一个月，他住回了家里。

米勒太太像往常一样，卷好头发，穿上深蓝色的碎花裙和针织马甲，坐在他的床边。她会读一些报纸，听广播，给米勒先生看外孙们淘气的样子，分享最近有趣的见闻，告诉他新的樱桃派配方，等等。

流动护理的护士每天来家里三次，早晨 7 点给米勒先生做晨间护理和给药；中午 12 点更换纸尿裤和执行其他医嘱；晚上 8 点做晚间护理和给药。每天上午会有康复师来家里。另外还为米勒先生配置了防褥疮的护理床，可以调节各种护理体位。这样为米勒太太减轻了很多照护压力。

我回过神儿，米勒太太从卫生间回来。她继续和我讲："他走的前一晚，我们像往常一样紧紧地握着手。他讲话已经非常困难。他就那样望着我，我从他的眼神里读懂了'舍不得'三个字。第二天中午，他离开了我们。再也没有人叫我小茉莉了，也没有人给我切西瓜了。"

我握紧米勒太太的手，她的睫毛微颤。

能想象吗？有一天挚爱的人叫不出自己的名字。除了米勒太太，没有人能够理解在这个过程里的绝望和无助。生病的明明不是自己，但是痛苦加倍。

更没有人能够体会米勒先生在确诊初期对自己以及病情的怀疑、彷徨和绝望。他尝试一次又一次地"回到"原来的生活，但他越用力，就被"推"得越远。

而他们的女儿安娜呢？工作、家庭和幼小的孩子分散了她所有的精力。当她转身面对父母的时候，发现一双手抱不住所有人。

准备离开时，我问了米勒太太一个问题：

"米勒太太，什么是爱情？"

"爱情就是如果有一天我忘记你的名字，但我依然记得爱你。"

"晚安，米勒太太。"

"晚安，蕾奥妮。"

夜晚的风吹散了院子里绣球花的花瓣，思念化成夜幕上的星星点点。

"米勒先生，我是新来的护士。我叫苗，德语名字叫蕾奥

当"90"后遇到"90"岁

妮。我来自中国。您的太太状况很好，请不要担心。她今晚和
我讲述了您们的故事。希望您不会介意一个陌生人倾听了您的
过往。您在天堂还好吗？那里的街道和莱比锡比怎么样，石头
会不会少一点？您会迷路吗？那里的西瓜甜吗？您有新认识的
朋友吗？您偶尔还会做木工活儿吗？对不起，我问得太多啦。
您知道吗？这是我在莱比锡的第一个夏天。我很喜欢这里。请
您多多保重啊！"

2016年7月

莱比锡

PART

07

2016年
08月

我叫维滕伯格

当"90"后遇到"90"岁

"蕾奥妮,你看这句话怎么样?有没有显得我很潇洒?"

我接过维滕伯格教授的小本子,上面写着:

"我叫维滕伯格。换个地方玩儿,拜拜。"

"这是我想写在墓碑上的话。我想了好多,写了好多。但是最后考虑到墓碑应该写不下那么多字,所以删删减减。你觉得这句怎么样?"

"维滕伯格教授……这……我不知道。"

我把小本子递给他,他接过去,摘下老花镜,望向阳台上凋谢的洋甘菊说:"再美的花都有期限。"

维滕伯格教授85岁,是某大学退休的经济学教授。他患有糖尿病多年,每天需要测量三次血糖,白天根据血糖值打胰岛素，晚上睡前根据医嘱打一个长效胰岛素。他的胳膊上有一个血糖测量芯片，每次测量只需要将血糖仪在上面"哔"一下就能得到血糖值。这是我第一次见，对此感到新奇。

"来，你试试。"维滕伯格教授把血糖仪递给我。我刚要将血糖仪接触芯片，他就故意发出了声音："哔！"

"您可别吓我，我一哆嗦，把它摔坏了就麻烦了。"

"多少？"他问。

"125mg/dl。"

"还可以。"他边说边戴起胸前的老花镜。

"今天午餐吃什么？"他问。

"咖喱鸡块。"

"哦，那我要好好洗个手。"

"啊？为什么？"

"尊重用餐习俗啊。"

我理解了他的意思，他又开始像老顽童一样坏笑。

维滕伯格教授在我的印象里是个很特别的人。他不像其他德国教授那样严肃、不苟言笑且严厉。他的护理等级是2级。但是除了帮他配药、给药和打胰岛素，其他事情他都会自己尝试去做，并且他可以做得很好。天气好的时候，他会在院子里

07

当"90"后遇到"90"岁

绕圈慢跑，85岁能有这样的精气神儿真令人羡慕。同事说："他可以，那就让他做。"

每周五他都去附近的超市购物，只是买一些零食、简单的日常用品，顺便散散步，看看市场上又有了什么新花样。其他的必需品都由他女儿负责。每周六或者周日他女儿都会来看望他，并带来洗好、熨好的衣物，再带走需要清洗的。其实养老院也给老人们提供了衣物清洗和熨烫的服务，但是他女儿想自己做这件事。这样的亲子关系，在德国不常见。一般儿女成年后，就会搬出去独立生活。他们更在意个人空间。

周五下午我去给他配药，因为这个周日是他外孙女的生日，他将去他女儿家度过这个周末。

我需要将这两天的药配好。

"维滕伯格教授，这是周六和周日的药。这是新的胰岛素，这是胰岛素针头，我多给您带了三个作为备用。"本想再多说一句"少吃蛋糕，太甜了。"但是想到他已经是85岁的"大小伙子"了，还是想吃啥就吃啥吧！

"你介意坐下喝杯咖啡吗？别多想，只是咖啡煮多了而已。"

"当然，我就当是对我配药工作的感谢。"

"你为什么来德国？"

"我想学一下德语，体验一下德国的风土人情。"

"拉倒吧，我教了几十年的书，你这是在侮辱我的智商。"

"我长得很像差生吗？"

"不像。但也不像好学生。"

"这咖啡再喝下去我血压就得飙到200了。"

"哈哈哈。孩子，说说，你为什么来德国？"

"因为我一直很想出国。开始我很想去澳大利亚，但是我没钱。恰巧遇到一个中德护理项目。德国大学免费，我就来了。"

"你可以用'你'称呼我，这样显得我不会那么老。"维滕伯格教授说趣道。"我的学生当中也有很多中国人，统一的特点就是勤奋。但是这个勤奋背后有来自家庭的压力、父母的期望以及以后面对职场时的压力。而这些压力背后其实是一个经济问题。德国确实是一个在留学方面性价比很高的国家，但是我们也必须承认，它的门槛高且严格。光是语言要求就已经筛掉一大部分学生。你未来有什么打算？"

"不知道。先把这三年读完再说。"

维滕伯格教授抿了一口咖啡，稍稍俯过头说："蕾奥妮，你肯定知道。你不会甘心留在这里，你一定会去更远更高的地方。"他缓缓靠向椅背，继续说："你不会拘泥于现在头顶的这

当"90"后遇到"90"岁

片天空。"

"学历真的很重要吗？维滕伯格教授，您知道吗？我在德国读的'双元制'教育其实在中国是不被认证的。也就是说三年后我回到中国，这个学历根本不会给我带来任何价值。"

"那你为什么要读？"

"因为我对养老这个专业产生了极大的兴趣。"

"学历很重要。但是学习不是为了学历，而是教育我们人性里的野蛮和愚蠢。"

"您真的是经济学教授吗？怎么哲学起来了？"

"哈哈哈。我太太是哲学教授。我女儿也是哲学专业毕业的。"

"可以讲讲您的女儿吗？"

"可以啊。我的女儿继承了我叛逆的优点。18岁她就离开了家，独立生活。高中毕业她没有直接读大学，而是去非洲做了两年志愿者。直到她确定了自己的目标，她回到了德国。我们资助她到本科毕业，她就不再需要我们给她生活费了。她在英国取得了博士学位，在那里认识了她的丈夫。当年因为我太太病危，他们一家搬回了德国。我太太去世后，他们商量好继续留在这里，能离我近一点。你是不是对这样的亲子关系感到奇怪？这在德国并不多见。但是在中国，我知道你们的儒家教育，你们有尊老爱幼的传统。在这里并不是，我们更倾向于个人。"

"可是，您和您太太养育了她。我想无论在哪个国家，'反哺'都是应该的。"

"蕾奥妮，你现在在德国，以后你父母老了。你如何'反哺'？放弃自己的发展，回到父母身边？"

"我不知道。"

"你才二十几岁，这个问题对你来讲太遥远了。"

维滕伯格教授取下眼镜，双手交叉相握，搭在桌边，凝视着咖啡杯，叹了一口气。

"我出生在萨克森州的一个不起眼的农村，19岁那年离开父母。像很多年轻人一样，我向往外面热闹的世界。只有圣诞节我才回家与他们相聚。25岁那年，我父亲因突发疾病去世，那个时候的我第一次面对死亡和离别。我哥哥一直居住在父母家附近，我不在家的日子他承担了所有家庭照护和家务工作，直到我母亲去世。活到这把岁数，我不知从何时起，开始直面死亡这个话题，因为我无法避免，更无法逃避。父母尚在时，我依然觉得自己是个孩子，有所依靠。而现在，我与死亡之间好像只有1毫米的距离。回顾我这一生走过的路，我逐渐学会了坦然面对。我想做的都做了；我想体验的都体验了。"

"你有什么遗憾吗？"

"当然，谁没有遗憾？"

"你最遗憾的事是什么？"

"我没有选择我最喜欢的专业。"维滕伯格教授停顿了片刻，继续说："我不喜欢经济学。我不喜欢把任何事都数字化、量化、物质化；我讨厌那些高高在上的所谓的上层人士，西装革履，夸夸其谈什么投资、什么股票；我厌恶自己在摇摆不定中最后选择了自己讨厌的专业。"

"为什么？"

"钱。"维滕伯格教授笑了笑。"因为钱。很简单也很恶心。我第一份工作不是大学教职，而是某投资公司。虽然我讨厌金钱，但是事实上我确实有一定的投资头脑。工作十年后，我积累了一定的积蓄，就去大学教书了。所以，蕾奥妮，你说你喜欢养老这个专业，你愿意坚持读下来，尽管这个学历和专业在中国是不被认证的。我很佩服你。如果你想听我这个老朋友的建议，那我的建议是永远听你自己心里的声音。"

"谢谢。"

"咖啡杯不用洗了，直接放在洗碗机里就行。"

我叫维滕伯格

"你的送客方式非常'委婉'。"

"周末愉快。"

"周末愉快。"

下班回到家。写完日记，我回忆着和维滕伯格教授的对话。我很奇怪，他为什么可以看穿我。是因为他的智慧还是因为我太年轻了？还是因为我们都是同一类人：不甘于现状。我来到这个距离故乡7000多公里的地方，没有家人，没有朋友，没有任何我可以依靠的人。可我为什么依然对这样的远方怀揣憧憬，为什么我要义无反顾地来到这里。只是因为年轻吗？

他说得对。关于死亡、离别以及父母的养老问题对我实在太遥远了。20岁出头的年纪，我无法理解，更无法做出选择。

一个月后，在一个明媚的中午。维滕伯格教授倒下了。像往常一样，我去他房间喊他去餐厅吃午餐，进门后，我看到他躺在地上，呼吸急促，头部擦伤。我立即按响呼救铃。同事和我马上采取急救措施，苏萨娜帮忙叫了救护车，他被送往了医院。

三天后，他出院了。从那次起，我再也没有见到他在院子里慢跑，更没见他来餐厅吃饭。他留在房间用餐，活动能力再也不如往日。开始的一段时间他还可以使用助步车，后来只能通过我们的协助转移到轮椅，再后来他只能每日每夜地躺在

当"90"后遇到"90"岁

床上。我们无法判断到底是跌倒还是突发疾病导致的。他的家庭医生每两周来养老院进行问诊，这期间如果有紧急问题，我们可以随时联系他。

"我很抱歉，让你帮我洗澡，这些事以前我本来可以自己做的。"维滕伯格的语气充满歉意。

"我很荣幸能帮您洗澡。这是我的工作，不然我就要失业了。"

"谢谢你，蕾奥妮。我希望你不会被我身上的老年斑吓到。"

"不会的，维滕伯格教授。"

接下来的几周，维滕伯格教授的病情急转直下，他的意识模糊不清，有时候我们无法理解他说的话，有时候好像回到了从前的样子。

"蕾奥妮，我要走了。"

"维滕伯格教授，你可不能这样说。我的毕业典礼你还没参加呢！"

"书桌右边的第二个抽屉里，有一个小盒子，你把它拿来。"

"这是什么？"我递给他这个深棕色的小盒子。"需要我帮您打开吗？"

"不，谢谢，我自己试试。"

他用尽全力，颤颤巍巍地打开了盒子，里面是一支钢笔。

"蕾奥妮，这支钢笔陪伴了我几十年。这是我上大学前的假期，打工赚钱买的。它陪伴我度过了大学时光，又到工作，再到退休。我用它把我的名字签在了无数个地方，无数次；它写下了我所有的生活，或开心或难过，或喜悦或愤怒，或幸福或悲伤；它记录了我所有的成功、骄傲与挫败。我有一个请求，请你收下它。让它代我继续看看这个世界未来的样子。让它陪你去做你想做的事，想读的书，想去的地方。希望你看到它的时候，偶尔会想起我，你的老朋友，我叫维滕伯格。"

葬礼是两个星期后的周末。我也被邀请去参加。

墓地在一个教堂的后院，周围是一大片森林。维滕伯格教授的女儿致辞：从他的出生，到他的学业及职业生涯、他资助过的学生、他去过的地方、他热爱的球队、他痴迷的摇滚音乐，再到他作为丈夫及父亲的责任。致辞完毕后，我们开始逐个围绕着墓穴进行告别，我抓起一把土撒向了墓穴，并在心中默念：维滕伯格教授，在另一个世界，也要玩得开心啊！

这段旅程就到这里。从此以后，尘归尘、土归土。我们再也听不到他的黑色幽默了。

葬礼结束后，我们和家属一一拥抱，因为工作原因，我没有留下用餐。我紧紧地拥抱了他的女儿，那个在我印象里雷厉风行，英姿飒爽的女精英。

"节哀顺变，照顾好自己！"

她抱着我，突然声泪俱下。

这是我第一次参加葬礼。维滕伯格教授就像玩累了的孩子，沉沉地睡去。人生这段旅程，我们总有抵达终点的那一天。我想起贾平凹在《自在独行》中的一段话：世上的事，认真不对，不认真更不对，执着不对，一切视作空也不对，平平常常，自自然然，如上山拜佛，见佛像了就磕头，磕了头，佛像还是佛像，你还是你——生活之累就该少下来了。

是啊，我们谁也别贪恋，就让生命自然地向前流淌吧。

如他所愿，他的墓碑上写了："我叫维滕伯格，换个地方玩儿，拜拜。"

2016 年 8 月

莱比锡

后记：2018 年我毕业了，这支钢笔陪我参加了毕业典礼，带着来自维滕伯格教授的祝福。

2016 年
09 月

78 岁的初恋

当"90"后遇到"90"岁

史密茨先生和麦尔女士谈恋爱了。这是一场78岁的初恋。

麦尔女士是新入住的老人，单纯热情、积极活泼。入住那天，她着一袭粉色连衣裙推着助步车闪亮登场。

"大家好！我叫麦尔·安娜。很高兴认识大家，希望与大家相处愉快。"

伴随着大家的敲桌声（德国传统，此处表达欢迎之意），麦尔女士走向她的餐桌，与她同桌的还有伯德夫妇以及史密茨先生。麦尔女士礼貌性地向他们点头微笑。

史密茨先生是一位很害羞的男士。他和谁讲话都有一种少年般的羞涩。他家里有一个老式唱片机，每天大部分的时间他都会坐在窗边听爵士乐。格子衬衫加牛仔裤是他的标准搭配。

78 岁的初恋

在养老院司机西蒙的推荐下，他最近尝试了新发型，整个人看起来精神饱满。

他一生未婚未育，也没有谈过恋爱，是地道的莱比锡人、地道的老实人。

两年前他入住养老院。听同事描述，他只带了一个箱子、一个背包以及他的唱片机就来了。

退休前他是一个乐器行的售卖员，同时他自学了修理各类乐器的本领。他痴迷爵士乐，他的生活看似单调，实则在音乐的世界里丰富多彩。

"今天认识了新朋友，您开心吗？"我边扔掉使用完的胰岛素，边问他。

"新朋友？谁？"

"麦尔女士啊。"

"哦……"

"哦？哦是什么意思？"

"没有。就是简单的'哦'，'好'的意思。"

"您今天中午吃饭有点怪怪的。"

"哪里怪怪的？"史密茨先生向我摆摆手，走向窗前的沙发椅。

当"90"后遇到"90"岁

"就是好像没有平时那么自然。"

"小孩子，别乱讲。"

"好吧。这个发型很适合您。看来西蒙的建议很棒。"

"是吗？发蜡会不会太少了？看起来不够立挺？"

"还好还好。"我望着他贫瘠的头顶，安慰他。

"你看我明天戴哪个领结比较好？"他指着桌子上的三个
领结。

"干吗？明天您有邀请吗？"

"没有啊。和平时一样嘛，我平时也戴领结呀。"

"您什么时候戴领结了？我怎么没注意？"

"小孩子不要问太多，你说哪个比较好？"

"哦，那就那个深蓝色吧，和您的牛仔裤颜色比较搭。"

第二天，史密茨先生西装革履、踩着锃亮的皮鞋、喷着古
龙香水出现在餐厅。大家都眼前一亮，以为他今天要去结婚。

"哇，史密茨先生，您今天的盛装打扮非常有品位。"苏萨
娜边说边绕着史密茨先生转圈。

"谢谢。一直如此。"

今天的午餐在史密茨先生的影响下，显得格外正式。一盘
普通的荷兰豆配鸡排似乎吃出了法国凡尔赛宫御膳的味道。

78 岁的初恋

再看麦尔女士，今天一袭 V 领中长款纱裙，金色的玫瑰胸针绽放在左胸前，卷翘的睫毛扑闪着，8 厘米细跟高跟鞋连我都不敢尝试。

午餐后，史密茨先生特意去帮麦尔女士取助步车。

"我去取就好了。"新来的实习生麦克说。

"不用不用，你去忙。"史密茨先生急匆匆地小跑到走廊。

"麦尔女士，这是您的助步车，请。"史密茨先生绅士且如此主动的样子，我以及在这里的老同事都未曾见识过。

"谢谢您，史密茨先生。"麦尔女士忽闪着大眼对他说。

午餐后，我们出门，西蒙凑过来，在史密茨先生耳边说："老伙计，新婚快乐。"

"别瞎说。"史密茨先生满脸通红地说。

我们已经笑成一团，但无任何恶意。

"蕾奥妮，我今天怎么样？"史密茨先生在穿衣镜前摸着自己的下巴。

"简直迷倒了所有的女士们。连苏萨娜都被您的魅力迷倒了。"

"我才不要迷倒她。"

"那您要迷倒谁？麦尔女士？"我探过头，狡黠地看着镜子

当"90"后遇到"90"岁

里的他。

"小孩子，不要乱讲。"

两周后，我从意大利度假回来。得知他们恋爱了。仅仅一个月的时间，两人迅速陷入热恋。

这当然是大家津津乐道的事。大家还在一起给史密茨先生出主意，因为麦尔女士的生日快到了。

"等等，我只离开了两周，我到底错过了什么剧情？"

"蕾奥妮，你真不应该在这个节骨眼儿上去意大利。你错过了一场甜蜜的恋爱开场。"同事萨哈对我眨眨眼。

"他们可是初恋哦！"苏萨娜得意地说。

"什么？78岁的初恋？"咖啡差点儿呛到我。

麦尔女士和史密茨先生一样，她未婚未育，年轻时也从未约会过。她一直从事大学图书馆管理员的工作。如同史密茨先生，她同样热爱自己的工作，因为她痴迷阅读。

退休后，她去过很多国家旅行。直到去年她患上了类风湿关节炎，还做了心脏手术，她不得不暂停旅行计划。

接下来的日子，整个养老院里都弥漫着恋爱的甜蜜味道。每天早晨史密茨先生都等麦尔女士洗漱完毕后，接她去餐厅享用早餐。和他们一桌的伯德夫妇对他们的恋爱关系感到惊喜。

78 岁的初恋

早餐后他们两个人有的时候一起参加活动；有的时候就去院子里晒太阳，麦尔女士会为她的绅士阅读；或者他们一起在史密茨先生的家里欣赏爵士乐。麦尔女士活动受限，不能长久站立，史密茨先生就让她坐在沙发上，他拉着她的双手，左右摇摆，开心得像个孩子。

他们会在晚饭后一起看会儿电视，然后就各自静静地读一些杂志或者报纸。每天晚上史密茨先生都会等麦尔女士梳洗完毕后，亲吻她的额头，温柔地对她说一声："晚安，我的公主。"

他们的恋爱受到了麦尔女士的侄女的强烈反对。这个脾气火暴且强势的女人找到我们的院长，进行了长达 5 个小时的讨论与谴责。她把责任全部推卸给养老院，并且指责我们没有在照护过程中合理引导。她甚至觉得 78 岁的老年人谈恋爱是一件不光彩的事，我们所有人都应该为此深深感到羞愧。结果就是她要把麦尔女士接回家。

麦尔女士在房间内哭了很久很久，她的侄女帮她整理了行李箱。

第二天，麦尔女士以因家庭事宜为理由暂时被接回了家，但是她的房间一直为她保留着。她的侄女以为两位老人分开一段时间，冷静一下就好了。同时也是为了留一条后路，因为养

当"90"后遇到"90"岁

老院的位置非常紧缺。

史密茨先生躺在床上，一动不动。他已经好多天不来餐厅用餐了。我们把三餐送到他的房间里，他也只是吃几口，甚至原封不动放在那里。

"史密茨先生，您现在一定很伤心。但是麦尔女士很快就能回来了。"

"蕾奥妮，不要安慰我。我都懂。"

"请您吃一点东西可以吗？如果您不进餐，血糖不稳会很危险。您比我更清楚糖尿病患者的风险。"

"可我吃不下。"

"您想麦尔女士担心吗？"

史密茨先生望着屋顶，眼泪吧嗒吧嗒的，像下雨一样。

一个月后，麦尔女士住院的消息传到养老院。她生日那天在医院进行了心脏手术。在征求了她侄女的同意后，养老院派西蒙载着史密茨先生前往医院看望她。

据西蒙回来的描述，那场景连他这个一米九的壮汉都潸然泪下，心如刀割。

麦尔女士出院后直接回到了养老院。她的侄女始终没有接受史密茨先生，但是也不会当面驱赶以及拒绝他了。每次她来看望麦尔女士时，史密茨先生都会在自己的家里静静地听爵士乐。总之，他们刻意地避免碰面。但是至少，他们又能在一起了。

麦尔女士回来的一个月内主要在房间内静养。每天都有康复师协助她做一些康复活动。家庭医生每周来一次对她进行常规检查。

史密茨先生每天都在她的房间与她一起享用三餐；为她读报纸、书和她喜欢的美妆杂志；他在这期间还学会了美甲和卷发。起初他咨询了西蒙，希望他能给出像发型一样好的建议。

"我不懂美甲啊，但我可以帮你问问我女儿，她喜欢彩妆。"西蒙拍拍史密茨的肩膀。

第二天，西蒙的女儿带着三个小箱子来到麦尔女士家里。她现场为麦尔女士做了美甲，并且向史密茨先生演示及说明了注意事项和方法。

我帮史密茨先生上网查资料，他自学了女士卷发技术。每天他都为麦尔女士设计时髦的发型。

麦尔女士恢复得越来越好，笑声越来越多，越来越响亮。

我们所有同事一起商议给麦尔女士补办一次生日。

一周后的周六晚上，我们将餐厅重新装饰一番，入口处撒

当"90"后遇到"90"岁

满了玫瑰花瓣。有的同事把自己结婚时保留下来的装饰灯带来，摆放在各个角落；到处贴满"生日快乐""幸福""爱"的贴纸；有的同事把自己的孩子也带来，打扮成小花童的样子；还有的同事带来了自家的金毛犬，同样打上了领结；我们在门外的扶手上挂满了彩色气球；苏萨娜的女儿最近学了小提琴，被她妈妈带来现场演奏。

麦尔女士的椅子上绑上了一个大大的粉色蝴蝶结。桌面上同样撒满了玫瑰花以及她喜爱的香槟。

史密茨先生今天穿了一身深蓝色的燕尾服，衬衫上的纽扣像星星一样闪耀着。因为他前段时间进食少，所以珍藏已久的衬衫正合适。

"我今天的发蜡是不是太多了？"史密茨先生紧张地问我。

"没有没有，刚刚好。"我安慰他。

实习生麦克去接麦尔女士，谎称史密茨先生刚刚有事。

自动门打开的那一刻，同事的孩子提着花篮开始撒花瓣；我们齐声合唱生日快乐歌；史密茨先生微笑着走向麦尔女士，一如既往地伸出胳膊说："生日快乐，我的公主。"苏萨娜的女儿拉起提琴；金毛犬领路，把一对幸福的恋人带到了精心准备的餐桌前。所有的老人都被盛情邀请来参加生日会，每个人都

78 岁的初恋

给予了麦尔女士真挚的祝福。那一晚，我们放声歌唱着，欢笑着，祝福着，感动着，彼此温暖着。

在这之前，我无法想象，78 岁老人恋爱的样子，也无法理解，78 岁老人竟然还有恋爱的冲动。但是史密茨先生和麦尔女士用行动告诉了我们："爱情，与年龄无关。"与此同时，我为自己的偏见和狭隘感到惭愧和歉意。

78 岁，怎么了?！

2016 年 9 月

莱比锡

后记：他们一直没有登记结婚，但是依然保持着甜蜜的恋爱关系。据同事后来和我讲，麦尔女士的侄女默认了这段恋情。她们一家人在史密茨先生生日那天共进了晚餐。

谈话：关于养老的思考

当"90"后遇到"90"岁

晚上 7 点我收到院长玛努埃拉的信息，问我周日下午有没有时间，她想请我喝一杯咖啡。

我们约在了位于市中心的卡尔施泰特购物中心负一楼的意大利咖啡厅。她点了一杯意式浓缩，我点了一杯卡布奇诺。

"你最近怎么样？"她边搅拌着咖啡边看着我。

"挺好的。很开心。只是学校的考试太折磨人了。"

"哈哈哈，我知道。我也是从那个时候过来的。"她拿焦糖饼干蘸了蘸咖啡，"很可惜我没能参加史密茨先生和麦尔太太的生日会。我看了西蒙拍的视频，我真想亲临现场，可是那天我在柏林，不能及时赶回来。"

"很遗憾，不过我们理解。他们很喜欢您送给他们的鲜花。

他们感受到了您的心意。"

"蕾奥妮，如果你不介意的话，我们用'你'互相称呼。我很荣幸，能为他们做一些事。同时让我也很感动的是，所有的工作人员以及老人们能给予他们那么多的理解与支持。这出乎我的意料。"

"我也是。起初我无法理解，但是了解后，我被他们的真诚打动了。"

"了解。这是一个很好的词。你现在对养老或老人有什么新的了解吗？"她放下咖啡杯，靠向椅背，微笑着并用期待的眼神看着我。

"我为我之前的莽撞感到抱歉，我也为我的狭隘感到羞愧。我在出国前，中介给我介绍了两个项目：一是来德国培训6个月，考德语B2，然后进行德国注册护士的考试。二是德国双元制项目，即边工作边上学。我选择了后者，因为中国并没有养老照护/养老护士的专业，我很好奇，我到底能学到什么。虽然这个学历在中国并不能被认证，但我依然愿意坚持下来，因为它既然存在就一定有它的道理。我天真地以为养老院就是养老嘛，能有什么事情可做。大不了就是给给药，打打胰岛素，和老人们一起聊聊天、晒晒太阳等清闲的工作。这也是最初导致

当"90"后遇到"90"岁

我有心理落差的重要原因。

"我来到莱比锡有一年多了，这一年我对每一个老人都有了新的认识，对养老有了新的思考。我的改变来自你们每一个人，因为你们对老人的关爱以及对这份事业的热爱深深地影响了我。

"学校里的老师和同学不仅在语言方面帮助我，在专业课上也一直给予我无私的帮助。你知道吗？我没想过光给老人擦洗这一项内容就有那么多重点，而且它将作为注册护士考试的其中一项；法律课上学习的对老人权利的维护、养老院护理工作的法律规定、流动性护理的法律规定以及对护理工作人员的权益保护相关条款竟然能如此细致；心理课上我们不仅学习老人的心理健康，还学习护理工作人员在这样的高压环境下如何平衡心理压力，等等。文娱课是我最喜欢的科目，看似玩玩乐乐，但是实际上玩乐中的重点是关注及观察老人的行为举止。我们要设计文娱活动的整个过程：活动主题、疗愈目的、时间、几个阶段、每个阶段要注意什么？目的是什么？如何循序渐进地引导老人？老人的参与度如何？观察老人在过程中的反应是怎样的？他们在团组中的合作程度如何？老人们在哪个环节耗时过长？以前，我以为这些都只是单纯的玩乐。

谈话：关于养老的思考

"人际关系和社会关系课上，我对亲子关系、老人与社会关系以及老人的人际关系等有了新的认知。我不仅学到了老人这个角色在各个关系中的作用及发挥的作用，还学到了人际关系对他们的行为影响以及心理影响。同时我们还在这门课学习了良好的职场关系和合作关系。

"其他的专业课，我并不陌生，是关于医学护理的专业知识，我已经在中国有所学习。但是有一点我非常意外，即面对老人的攻击时或阿尔茨海默病患者攻击时，护理人员如何保护自己。这门课让我对人性化有了更加深刻且全面的认识。我们不仅学习如何在身体和心理层面照护老人，还学习在护理工作中如何保护自己，照护自己。"我端起咖啡，看向玛努埃拉。

"蕾奥妮，你知道吗？我对你的改变感到欣喜。这并不是因为我有机会能继续和你这样负责且勤奋的同事共同工作，而是这个社会里又多了一个爱护老人，尊重老人的人。"她讲到尊重时，语气既坚定又有一丝颤抖。

"我40岁那年离开医院，开始自己创业。我以前和你说过，我也是护士出身。我一方面想要赚钱，另一方面是这样的一个故事让我对老人有了更多的注意：那是1986年的冬天，我永远都忘不了那天刺骨的冷。我下完夜班回家。在公交站点我看

当"90"后遇到"90"岁

到了一个老妇人蜷缩在一角。她的睫毛、眉毛已经挂满了冰霜，干枯潦草的发尖已经结了冰碴儿，微微张开的嘴唇发紫，好像又有点青色，煞白的脸把我吓得大喊了一声！我以为她已经去世了，没想到她被我的声音惊醒。她凝视着我，好像有点愤怒，好像也有一点恐惧。

"'您还好吗？'我那时的颤抖不知是因为天气的寒冷还是因为害怕。

"'我好冷。'她的语气和那天的天气一样冰冷。

"'我去给您买一杯咖啡？'

"'不。您有止痛药吗？'

"'我没有。您哪里痛？'

"'膝盖。'

"'我可以看看吗？'

"她缓慢地把裤腿拉到膝盖以上，面部因为剧痛缩成一团。她只穿了一条单薄的条绒裤子，伤口已经止血，模糊的血迹遍布小腿。

"'您能站起来吗？'

"'不。'

"'你是摔倒了吗？'

谈话：关于养老的思考

"'是。'

"因为就在医院附近的公交站，我跑回医院叫来了急诊的同事，我还记得那天我穿的棉鞋不防滑，仅仅几百米的路程，摔了5个跟头，也有可能因为我跑得太快了。最后她被抬进了急诊室。

"两天后，我回到医院上班，先去找急诊同事了解那位老妇人的情况。

"'她昨天夜里偷偷离开了医院。她儿子昨天在这里大闹了一场。'同事说。

"'她有家属？'我惊讶的是为什么有家属她竟然还会流落街头。

"'对。她有家属。但是她的儿子看起来非常凶。主治医生和警察联系，折腾了好久才联系到他。然后他气冲冲地来到医院和医生大吵了一架，辱骂了护士，又和那位老妇人争执。我们叫了保安把他拖出去了。'

"蕾奥妮，我当时吃惊地说不出一个字。

"'那个老妇人需要做关节手术，她的病情不仅是骨科问题，还有心脏和肝脏问题。昨天她儿子被保安拖出去后，她把卫生间反锁，在里面哭了好久。最后我们叫来了医院的维修部同事

109

当"90"后遇到"90"岁

撬开了门。'同事一脸疲惫，继续说：'怎么讲？可能是家庭原因，也可能是其他原因，反正看样子她已经流浪了很久。昨天夜里她偷偷坐医院的轮椅溜出去了。夜班护士查房时发现后报了警。'

"我向同事道谢后，回到了病房工作。可是那天我一直心不在焉，我心里想着的一直是那个老人，还有她那双眼睛。那个眼神，我这辈子都不会忘掉，空洞中的绝望。"

"我的父母都是人民教师，我的外婆和奶奶的老年生活都是由他们以及兄弟姐妹照护的。在遇到那个老妇人之前，我以为所有的老人都有家。

"我想，我能为老人做些什么？

"接下来的几年，我和我先生一边攒钱，一边关注着政府的政策。1995年德国落实了长期照护保险政策，我和先生商议后，决定创业，开养老院！

"我们是从流动护理开始的。起初我们只有5个人：尼欧斯、海克、我妹妹、我先生和我。我先生负责后勤事务，其他4个人负责上门照护工作。我们买了两辆二手车，剩下两台车是尼欧斯和我妹妹的私家车。当时办公室是我父亲的一个老同学租给我们的，所以租金是亲情价。老人都是由亲朋好友推荐的，还有我当时在医院认识的医生，后来自己开了诊所，他们也帮我推荐了很多老人。

"3年后，我们办公室从40平方米扩大到了80平方米，我们都有了自己的办公桌、15个同事、16辆车。那几年，我们虽然没实现多少盈利，但是帮助了无数的老人。他们有着不同的文化背景、不同的宗教信仰，来自不同的收入阶层，甚至包括同性恋者。我知道，同性恋放在当代已经不是什么新鲜事，但你知道，我们那代人还是有很多人不能理解。可是我们理解，他们也是人，是需要我们帮助的人。有的老人独居，家里的灯坏了、电路燃了、水管堵住了等家务事我们也帮忙。我先生对这些颇有研究，他很拿手。春天我们会去农场游玩；夏天时候我们就聚在一起烧烤；秋天我们去森林里采蘑菇；圣诞节我们请老人一起去圣诞市场喝热红酒；等等，就像邻里，就像朋友。我帮助你，你帮助我，互相取暖。

"接下来的几年，工作开展得出奇顺利，我们储蓄了一定资金后，买下了现在的养老院，它以前是一个废弃的工厂。再后来就是现在啊，流动护理、日托中心和护理公寓（养老院）。"

玛努埃拉露出欣慰的笑容，但是我能想象在这样的笑容背后，是20年的坚持。

当"90"后遇到"90"岁

"我很敬佩您。"

"蕾奥妮,谢谢。我说这些不是为了让你敬佩我,而是我认为你和我一样,愿意为老人做些什么,我们是同路人,我相信我的直觉。"玛努埃拉把最后一块焦糖饼干放进嘴里。

我看向咖啡杯里慢慢消失的奶泡,说:"我从未像现在一样静静地看过那些老人的眼睛。当我凝视着他们时,我不知道该怎样描述那种感觉。有的像落日被乌云遮盖了光芒,有的像是一种妥协,有的像是一种等待,有的……我不知道为什么会有这样的感受,但是每次想起,都深深地刺痛着我。然后我问我自己,我要做什么?你知道吗?尤其是当我坐在阿尔茨海默病老人面前,观察着他们的每一个动作、每一个眼神、每一句话、每一种语气、每一次歇斯底里和每一次沉默时,我都会问自己,我能为他们分担什么?"

我抬起头,看着玛努埃拉,她依然微笑地看着我。

"谢谢你对我的肯定,你刚才称呼我为同事,而不是员工。我感到很惊喜。"玛努埃拉哈哈笑起来。我继续说道:"在这段时间里,我也反思了我对职业的偏见。我当初说擦洗和更换纸尿裤等诸如此类的工作应该是由护士助手或者护工完成的,而不是护士。这句话其实充斥了我对职业的偏见以及工作级别的傲慢。我发现身边无论是你、苏萨娜（日托中心护士长）、海克（护理部主任）还是办公室其他领导都与每个人保持着平等的关系。无论是和保洁人员，还是实习生，又或是护士助手你们都表达了同等的尊重。一起吃午餐；遇到问题一起商量；一起分享，无论是工作还是个人生活。我很意外地感受到，在这里工作竟然像在家一样。关于护理，基础的护理工作属于护士的日常工作之一。因为我们的目标是照护老人，而不是在工作中挑三拣四，划分阶级。这种平等关系不仅存在于领导和员工之间，也影响了员工对待老人的态度。"我喝下最后一口咖啡。

"我的先生也是外国人，他18岁就来德国了，没有上过大学。结婚前我家里的亲戚都不看好他，因为他没钱也没一份看起来体面的工作。我嫁给他是因为他非常善良。初到德国时，他一直做着最基层的工作。通过他的遭遇和经历，我对阶级和等级有了更深刻的理解。创业开始前，我们都一致决定：在任何环境、任何情况下，平等对待每一个人。而平等两个字，不仅要体现在职场关系中，更要渗入照护工作中，包括与家属之间。我们不允许哪个人在工作中有被伤害、被欺负、被歧视的感受，更不允许我们自己区别对待每一位老人和同事。这毫无意义。"玛努埃拉说到毫无意义时，斩钉截铁。

当"90"后遇到"90"岁

她俯身靠向我，说："蕾奥妮，所以我也理解你。也理解你当初找我时的误解和疑惑。那不是莽撞，你不必为此道歉。"

结束谈话的时候已经是晚上8点。

"我送你回去，天晚了。"玛努埃拉一边穿大衣，一边说。

"不用，我……"

"哎呀，我什么我。别客气。我是去办公室拿一些东西，顺便送你回去。"说完对我眨眨眼。

我回到家，门口放了一个小盒子，是海克烤的苹果蛋糕。盒子上还留了一张字条：

"Guten Appetit（请品尝美味）——海克"

此时此刻是2016年10月30日，22：35，我在日记里写下今天的谈话以及我个人对养老的思考。

我更加坚定我当初的选择对于我来讲是正确的。首先，无论这个学历是否为我以后的求职带来价值，但是对于我个人来讲，它为我打开了新世界的大门。其次，我在学习现代专业养老的过程中，也克服了不同文化带给我的冲击。

此刻，我问我自己：什么是专业养老？这个专业体现在哪方面？有哪些专业内容？我对衰老的理解是什么？我对老年人的理解是什么？家属可以在这过程中发挥什么作用？人性化照

护在工作中体现在哪里？我如何客观理性地看待这份职业？我
能为这份职业获得尊重做些什么？我能为老人获得更多的权益、
权利和社会尊重做些什么？

接下来，我将带着这些问题继续和老人、和老师、和同学、
和家属、和同事以及和整个社会学习。

2016 年 10 月

莱比锡

哦，对了，等等，还有一句：宝马 X5 坐着真舒服啊！
晚安。

老年人抑郁症：
我不是简单的难过

当"90"后遇到"90"岁

我常常想霍夫曼先生的酒量应该在整个莱比锡都是数一数二的。没人统计过，他自己也不知道每天会喝多少酒。对于他来讲，酒就是生命的源泉。

他的儿子小霍夫曼先生在我们这片管辖区的警察局工作，和霍夫曼先生恰恰相反，他视茶如命。小霍夫曼先生家庭幸福，孕育了一儿一女，性格豪爽胆子大，工作上也如鱼得水。但是他唯一怕的就是我们的来电。因为只要我们给他打电话，一定是他父亲又做了什么"好人好事"。

"什么？他没回来？几点出去的？"小霍夫曼先生在电话那头急得语无伦次，声音非常尖厉。

"下午4点，他说他去超市买点东西就回来。"我回答。

老年人抑郁症：我不是简单的难过

"好！"他干脆地挂掉电话。

1个小时后，霍夫曼先生被警车送回来了，一起来的还有他的儿子。

他醉醺醺的，像看着叛徒一样看着我，一句话也没说就跟跟跄跄地走回了房间。

"抱歉，真的非常抱歉。"我连声道歉。

"这和您没关系。"小霍夫曼先生安慰我。

那晚，他们俩在房间大吵了一架。小霍夫曼先生怒气冲冲，摔门而去，涨红的脸上挂着泪水。

"这是今天的安眠药。"我小声嘀咕，刚要走，就被霍夫曼先生叫住。

"等等。"他坐在沙发上，示意我坐下来。

"怎么了，霍夫曼先生。"

"对不起，蕾奥妮。"他脸部涨红不知是因为吵架还是酒精的作用。

"您不必向我道歉。"

"蕾奥妮……"他抬起头，欲言又止，眼泪夺眶而出。

这是我第一次见他哭，慌张得不知所措。他摆摆手，"没事没事。"

当"90"后遇到"90"岁

昏黄的灯光下，他用双手遮住脆弱的脸，眼泪不停地从指缝间流下来。收音机里低声播放着一首歌："*When you cry in winter time, you can pretend.It's nothing but the rain...*"

我不知道歌曲的名字，但是这个旋律深深地印在了我的脑海里。

那晚，他房间里的灯一直亮着。直到早晨我去叫他吃早餐，他还坐在沙发里，昨晚给他的安眠药原封不动地放在桌上。

"我想我们应该谈谈，如果您愿意的话。"我俯下身，看着他。

他拍了拍我的手，点了点头。

周五下班，我带了两块樱桃蛋糕来到他的房间，他精心准备了两个酒杯。

"霍夫曼先生，我忘了告诉您，我不喝酒。"

"我知道。但我家只有酒杯。"他边说边整理了一下褶皱的桌布。

"来，请您品尝。"我把蛋糕分到他的盘子里。

"我妈妈最喜欢也最爱烘焙樱桃蛋糕了。现在不是樱桃成熟的季节啊，你在哪儿弄的？"他疑惑地问。

"超市买的，没事儿，吃吧！"

老年人抑郁症：我不是简单的难过

我们一老一小在他的小花园里吃起了蛋糕，他今天竟然没有喝酒。

"我父亲是个酒鬼。喝完酒就家暴我母亲和我。我从小的愿望就是赶快长大，带着母亲离开家乡。15岁那年，他终于因肝癌去世了。"他说到"终于"这个词时充满愤怒，又带有解脱。

"我母亲终身没有再婚。我18岁的时候去了奥地利，在那里的小工厂打工。一年以后我换了工作。接下来我做过餐厅服务员、推销员、货车司机、农场饲养员，等等。"他摊开手，向我展示爬满老茧的手掌。"又脏又累的工作我都做了一遍，攒了一点钱。那时候我已经28岁，想把我母亲接到奥地利生活。"他有些哽咽，"但她生病了，去世了。料理完后事，我回到了奥地利。卢卡斯出生后（霍夫曼先生儿子，小霍夫曼先生），我开始酗酒。不知为何，每次我看到卢卡斯的时候，我就想起我的父亲，他俩的眉眼实在太像了。"

他低下头，揉了揉太阳穴。"我时常想，上帝为什么如此痛恨我？为什么要这样惩罚我？我和我母亲才是受害者啊。卢卡斯好像我父亲的化身，又来折磨我。我以为换一个地方，换一种环境重新开始就能摆脱那些可怕的梦魇，但我为什么感觉总有一个黑色的影子反复纠缠着我。每当夜幕降临，我躺在床上，

当"90"后遇到"90"岁

漆黑的夜就像无尽的深渊。"

霍夫曼先生看向我,"蕾奥妮,你一定是一个原生家庭很幸福的孩子,从你的眼神和笑容里就能看得出来。我之所以愿意和你讲述这些秘密,是因为我想知道幸福的家庭到底是什么样子?或者你可以帮帮我。"他的恳求中带着哭腔,拉起他常年穿的长袖底衫,无数道长长短短的刀疤,好像瞬间刻在了我的心上。

我举起酒杯里的咖啡,看着他:"干杯!"

那天结束谈话以后,我回到办公室拿出了霍夫曼先生的档案,认真阅读了所有信息,尤其是他的生平履历。这包括了各个年龄段,各个时期发生的重要事件、人物和地点等。很遗憾,我没有找到最想知道的信息:他有没有家暴过他妻子和卢卡斯。

5 年前他开始服用安眠药以及镇静药。亲朋好友、卢卡斯以及家庭医生都没有过多注意到他的消极情绪,因为他一直都是一副丧丧的样子。

第二天我联系了他的家庭医生,和他在电话里反复沟通后,他还是不相信。接着我反复强调霍夫曼先生的行为举止、言语及情绪状态,等等。

"不!他不是简单地难过!他非常需要心理医生!不要再告诉我吃点镇静药和安眠药就可以了!我需要您的转诊单和医

老年人抑郁症：我不是简单的难过

嘱！他必须去医院接受治疗！"我没有控制好情绪，我冲电话里的家庭医生吼了起来。

"我知道了。"家庭医生冷漠地挂掉电话。

同事们都齐刷刷地看向我，他们从未见过我如此愤怒且失礼的样子。

次日，家庭医生来到养老院进行问诊，并联系了心理医生进行会诊。

一周后，霍夫曼先生被医院的心理科收治。会诊诊断为中重度抑郁症。

"我想问您一个问题。"我对正在签字的小霍夫曼先生说。

"您说。"他抬头并放下笔。

"您和您母亲被霍夫曼先生家暴过吗？"

"没有。"他不假思索地回答。

他坚定的眼神以及干脆的语气让我相信了他的回答。

"为什么？"他问我。

"霍夫曼先生和我聊起了他小时候的经历。"我和他描述了那天的场景以及经过。

"这些他都没和我们讲过，我从来不知道！"他难以置信地看着我，我也惊讶地看着他。

当"90"后遇到"90"岁

"我之所以问您这个问题，是因为我想了解他的童年阴影到底对他有多大的影响，是否投射到了您和您的母亲身上。"

"没有，真的没有。在我记事以后，他经常去外地工作，大概每年回来3~4次。他很严肃，我没见过他对我笑过。我以为所有的父亲都是这样，所以也没当回事。他对我母亲也很好，赚的钱全部贴补家用。周围的邻居，他的朋友们也对他赞不绝口。"

"好。那就好。"

"我母亲去世后，他一直自己生活在奥地利。我在德国读完大学就到莱比锡工作了，这里是我爱人的故乡，也是我父亲的故乡。随着年纪的增长，我把我父亲从奥地利接回了这里。"小霍夫曼先生一脸笑意。"不过我对他的了解和陪伴还是太少了。"他叹了一口气补充道。

晚上，我坐在窗前思考，对霍夫曼先生的敬佩感油然而生。

霍夫曼先生在圣诞节前回到了养老院。

"这是哪里来的大帅哥啊？"苏萨娜的大嗓门让我们都看向门口。

"你少来。"霍夫曼先生摆摆手，笑着说。

他精神饱满，昂首挺胸，穿着得体的黑色呢子大衣，系着

老年人抑郁症：我不是简单的难过

红色的领带，脚踩油亮的皮鞋，操着地道的莱比锡口音。

"蕾奥妮，我回来了！"

"欢迎回家！"我凑上前，"哎哟，这发型很新潮哦！"

"谢谢。卢卡斯帮我理的。"他一脸骄傲地说。

我陪他回到房间，他拿出医生出具的出院文件给我。上面详细记录了住院时的各项检查、治疗措施、用药、出院后的意见和建议以及后期的注意事项，等等。

"蕾奥妮，谢谢你。"

"不客气。"我抬头微笑，"您来参加养老院的圣诞Party吗？12月23日。"

"我看一下日历。"他放下大衣，拿出口袋里的随身小日历。"可以，我很愿意参加！"他刮了胡子，让我能清晰地看清他的脸。"我觉得卢卡斯和您才最像。"我说。

"哈哈哈，谢谢。但是我肯定比他帅！"他眨眨眼。

卢卡斯下班后来养老院看他。还给所有的同事们带来了巧克力圣诞礼包以及感谢贺卡。

"蕾奥妮，等等。"他在走廊里叫住我，"不好意思，我叫蕾奥妮比较顺口一点，我怕叫错您的中文名字。"他解释道。

"没事没事，都可以。您有什么事？"

当"90"后遇到"90"岁

"谢谢您。我想说谢谢您。"他搓了搓手，继续说。"在他出院前，我和他在医院长谈了一次。那是我第一次近距离和他在一起。这种近距离是心与心之间的。那是一次深刻的谈话。我感到愧疚的是这么多年我一直忽视了他；我感激的是因为责任和爱他没有将童年阴影转移到我和母亲身上。他不是不爱我，他也不是喜欢去外地工作，他是怕伤害我和母亲。"

"卢卡斯，提前祝你圣诞快乐！"

"谢谢，你们在中国庆祝圣诞吗？"

"不，我们庆祝春节。"

"哦。原来如此。不过同样祝你圣诞节快乐！"

又是一年的圣诞聚会。西蒙还是圣诞老人，我今年不再是圣诞树，而是化身小天使。

"霍夫曼先生，请问您有什么圣诞愿望？"我和西蒙站在他面前。

"一个字：喝！"

"还喝？"大家异口同声地喊道。

"不喝了，不喝了。"霍夫曼先生摆摆手，大笑道。

我们都为他的改变而感到开心，都为他喝彩，为他鼓掌。

圣诞聚会结束后，霍夫曼先生走到我跟前，问我："蕾奥

老年人抑郁症：我不是简单的难过

妮，你有什么圣诞愿望吗？"

"我希望下次我们一起吃蛋糕的时候，我不再用酒杯喝咖啡。"我抬头认真地说。

"没问题。"他笑着和我击掌。

第二天用过早餐后，卢卡斯全家出动把他接回了家。今年霍夫曼先生会在卢卡斯家里度过圣诞节和新年。

几天前我给霍夫曼先生的家庭医生寄了一张圣诞贺卡并且对上次在电话里的失礼表达了我的歉意。今天早晨我打开信箱，里面有一张搞怪的圣诞贺卡：

"圣诞节快乐！"

莱昂·米勒（家庭医生的名字）

这一年过得飞快，这是我在莱比锡和我的老朋友们一起过的第二个圣诞节。此刻，窗外灯火通明。

我一边吃着史多伦（德国传统的圣诞糕点），一边写着日记。

我何德何能可以赢得大家的信任。我多么幸运能有倾听的机会。我一路成长，一路收获。我多么感激这一年以来遇到的每一位朋友。

当"90"后遇到"90"岁

　　同时，我对老年抑郁症有了更深刻的思考。这是我们在心理课上需要重点学习的一章。

　　在日常照护工作和生活中，我们常常会忽视或误解这一点，即老人的不开心是正常的。而如果我们对他们的行为、言语和精神状态多观察，就会发现普通的不开心或情绪低落和抑郁症是两码事。这次以后，我们的养老院对全院的老人进行了初筛，重点是那些已经被诊断出抑郁症的老人以及长期服用安眠药和镇静药的老人。

　　老年人的心理健康在养老照护工作中是重中之重。一个人的精神世界坍塌后，身体健康也会随之受到极大的影响。而老年人的抑郁状态很容易与普通的消极情绪或阿尔茨海默病混淆，这需要我们在工作中更加细心地观察与鉴别。抑郁症筛查和阿尔茨海默病的筛查一样重要。

　　我的圣诞愿望是新的一年，我希望不仅能为老人在身体健康层面提供专业的照护，也能让他们在精神层面感到愉悦。

　　圣诞节快乐。

2016 年 12 月

莱比锡

老年人抑郁症：我不是简单的难过

后记：几年后，我从国内回到德国。那个时候我正处于人生低谷。有一天晚上，我夜不能寐，躺在床上，打开网易云音乐App，把手机放在耳边。它随即推送了我一首歌：

"Rain and tears are the same

But in the sun

You've got to play the game

When you cry in winter time

You can pretend

It's nothing but the rain

How many times I've seen

Tears coming from your blue eyes

…"

（歌曲：*Rain and Tears*）

我默默地流下了眼泪。

后来，我在柏林学习了艺术疗法，同时我也在这个课程里得到了治愈。

我患有阿尔茨海默病，
我不是故意的

当"90"后遇到"90"岁

今天回到家，信箱里有一封信。

尊敬的李女士，

　　您好。

　　我是齐默尔曼太太的儿子，丹尼尔。我今天刚从美国赶回来。听闻我母亲上周打了您。我对此感到非常抱歉。我请求您的原谅。我每天都会来养老院看望我母亲，如果您有时间，我是否有机会和您见一面？

　　　　　　　　　　　　　　　　　　真挚的祝福

　　　　　　　　　　　　　　　　　　丹尼尔

我患有阿尔茨海默病，我不是故意的

齐默尔曼太太是上周刚入住的老人，患有阿尔茨海默病。偶尔她能认人，但是一会儿就忘记了。一整天她都坐在客厅的沙发长椅上自言自语，有时候骂人，有时候大喊大叫，有时候手舞足蹈，有时候好像身边有人和她讲话似的。目前她还可以自主进食，在引导和协助下可以进行部分简单的个人护理。虽然她没有失禁问题，但是"喜欢"在裤子里大便。所以我们每隔3个小时左右就主动带她去一趟卫生间，也给她穿了成人纸尿裤。

因为她本想入住的专业阿尔茨海默病养老院还要等一个月才能空出位置，她以短期照护的方式暂时住在我们养老院。我是她的主责护士，也是第一个挨打的。

"您好。齐默尔曼太太，我是您的主责护士蕾奥妮。"

"坏女人！坏女人！坏女人！"她一边叫喊着一边一把抓住我的头发，另一只手直接给了我一巴掌。

"啊！"我痛得喊了出来，同事闻声赶来，温柔地、轻轻地拉开了齐默尔曼太太的手。

我的左脸瞬间红肿。

"苏萨娜，你说现在我的脸看起来够不够立体了？"我对着镜子里的苏萨娜开起玩笑。

当"90"后遇到"90"岁

"蕾奥妮，要想看着立体，我看右侧脸还得让齐默尔曼太太打一下。"苏萨娜摇摇头，把冰袋敷在了我的脸上。

"哦……好疼……"我抱怨地看着她。

"哎！"苏萨娜叹了口气，皱起了眉。

第二天，我在院长的强烈要求下，休息了一天。

我再次上班的时候，齐默尔曼太太还是坐在原来的位置自言自语。她上半句还在说超市打折，下半句就开始说她先生和秘书有染；这一句还哈哈大笑，接下来就痛哭起来。跳跃式思考，毫无逻辑地自我沟通。

"齐默尔曼太太，该服药了。"我蹲下身，看着她的眼睛，尝试着轻抚她的肩膀。

"小宝贝，你是我的宝贝。"齐默尔曼太太兴奋地差点儿从沙发椅上跳起来。

"啊……对，对。我是您的宝贝啊。"我拿过药，"齐默尔曼太太，这是宝贝给你的药，来，张嘴，啊——"

"啊——"齐默尔曼太太非常配合地服下了药。

十五分钟后，我从她身边走过。

"坏女人！坏女人！坏女人！"她又开始朝我辱骂起来。

我无奈地看着她。

我患有阿尔茨海默病，我不是故意的

齐默尔曼先生来的时候，我正好忙完工作。我们坐在会客室，他为同事们带来一盒甜品，又单独送了我一盒巧克力，以此表达歉意。

"您好，李女士。我叫丹尼尔，是齐默尔曼太太的儿子。有幸今天能当面向您道歉。"

"您好，齐默尔曼先生。我看到了您的信。谢谢您的问候。您不必放在心上，我没有受伤，也没有责怪之意。您可以称呼我中文名字：苗或者德文名字蕾奥妮。"

"谢谢。您可以叫我丹尼尔。"他双手交叉，叹了一口气，看着我。"我今天之所以想和您见面，一是为了道歉。二是我想将我母亲的情况和您交代一下。因为我一周后要返回美国工作。"他低沉的声音里充满歉意。

"您说。"

"四年前，我母亲被诊断患有阿尔茨海默病。起初她只是有一些健忘，但还能自理。当时我的父亲还健在，他能在家里照顾她。去年我父亲因病去世，我向公司请了几个月假回德国料理后事以及陪伴我母亲。我已定居美国多年，我的家庭和工作更没有可能全部转回德国。父亲去世后，母亲的病情开始迅速恶化，我的表妹帮我照顾了她一阵。同时我们一起在全莱比锡找还有位置的阿尔茨海默病养老院。可惜，回复都是：无明确时间的等待。直到上个月，我们终于收到一家养老院的好消息，一个多月后她就可以入住，并且就在我表妹家附近。我和母亲的关系一直很亲密，从小到大，她既是我的母亲，也是我无话不谈的朋友。她真的是一位有修养、有见识、有远见和有学识的女性。如果没有她的培养和影响，没有我今天的成绩。她在职业上升期选择结婚，然后一直在家相夫教子。哦，对了，她是一个小提琴家。"丹尼尔脸上的骄傲开始变得失落，眼睛里开始泛起泪花，"昨天我来看她，她已经叫不上我的名字。我就在她面前，她不认得我。"他尝试控制激动的情绪，但是眼泪还是不由自主地流了下来。

我递给他纸巾，他擦了擦眼泪，又擦了擦鼻涕。

"我刚进门的时候，听到她又在喊坏女人。我没有恶意，只是想解释一下。请您不要误会。我的父亲原来是音乐系的教授，他有过一个女学生。有一段时间，我母亲发现那个女学生与我父亲联系过于频繁，因此产生了一些误会。那个女学生和您的发型及发色一样。所以我猜测可能是这个原因让她总是对您说出这样无礼的词汇。"丹尼尔诚恳且充满歉意地看着我。

"哦，您的猜想可能是对的。这倒是给了我启发。明天我可

我患有阿尔茨海默病，我不是故意的

以试试别的发型。"

"我没有别的意思，我只是猜测。我个人认为您的发型非常得体。我只是想我是否能提供多一点关于我母亲的信息，以便于在照护工作上提供一些来自家属的帮助。"

"我理解，我理解。"我笑着说。

我们又谈了一些关于他母亲的喜好、习惯以及昵称等重要信息。我全部记录了下来，放进了档案。

谈话结束后，丹尼尔走向他的母亲，坐在她身边。

"妈妈，您想喝杯咖啡吗？"丹尼尔轻柔的语气，就像当年他妈妈问他想不想喝一杯可可奶一样。

"好的。"齐默尔曼太太有礼貌地回复。丹尼尔起身，接着她举起右手食指，"加奶加糖，谢谢您，侍者先生。"然后干脆利落地收起食指，又看起了电视。

丹尼尔看着我，无助的样子像是孩子找不到妈妈了。

"齐默尔曼太太，这是您的咖啡，请慢用。"丹尼尔强忍着泪水，像一个侍者那样把咖啡递给她。

"谢谢。"齐默尔曼太太礼貌的微笑刺痛了丹尼尔的内心。

晚上，我在睡梦中听到院子里有呼救的声音。

"救救我，救救我。"伴着哭声，我胆怯地起床，蹑手蹑脚

当"90"后遇到"90"岁

地走到窗前，透过窗帘的缝隙向外看。

是齐默尔曼太太！

她光着脚，只穿了内衣和内裤，在院子里慌张地来回踱步。

我迅速穿好衣服，拿起毛毯冲下楼。她见到我，满含泪水，浑身颤抖着。"救，救，救救我。"

月色打在她恐惧的脸上，我用毛毯把她包裹起来，抱着她说："齐默尔曼太太，我在呢，我在。"

我找到值班护士，她刚才在另一个区查房，所以没听到声音。拿了通用钥匙，我带她回到了房间。房间内杂乱无章，衣柜敞开着，所有的衣服散落在地上。闹钟被放进了厨房洗碗池。报纸被塞进了马桶。此刻，我才发现，她的内裤反穿着。

我看着眼前的一幕，嗓子里好像被什么堵住了。

我帮她穿好睡衣，她坐在被子里。

"刚泡好的，水是温热的，您试试。"我把泡好的茶递给她。

"谢谢，牛奶很好喝。"齐默尔曼太太像一个犯错的孩子一样看着我。

"好喝就好，好喝就多喝几口。"

"现在几点了？"她问。

我患有阿尔茨海默病，我不是故意的

"凌晨2：40，您还可以再睡一会儿呢。"我帮她把被子又盖了盖。

"明天我要去练琴吗？"

"不用。明天老师有事。"

"哦，太好了。那我要饱饱地睡一觉。"

"对啊。明天睡到自然醒，然后享用美味的早餐、香浓的咖啡，迎接一整天暖洋洋的阳光。"

"那你明天会陪我吗？"齐默尔曼太太带有一些恳求的语气说。

"会啊。肯定会啊。"

"晚安。妈妈。"

"晚安，小甜心。"

我轻轻地将衣物整理了一下，走出了房门。

出来后，我泪如泉涌。

"凌晨她跑到院子里，很无助地求救。我把她带回了房间，现在状态很稳定，也没有感冒。"我看着丹尼尔说："她叫我妈妈。"

丹尼尔顶着黑眼圈，疲倦地看着我，然后张大了嘴巴。

早餐时，丹尼尔和她一起喝了咖啡。她看起来心情很好，

当 "90" 后遇到 "90" 岁

整个上午他们都在愉快地聊天。丹尼尔带来电脑笔记本，在房间里和她一起看小提琴演奏会。她开心得像个孩子，还摆起拉小提琴的姿势，轻轻闭着眼睛，仿佛置身在一场音乐会中。

周一，我问西蒙他可不可以帮我借到一个小提琴。他是德国版哆啦Ａ梦，并且总是有很多好主意。

"你发财了？中奖了？怎么搞起有钱人的东西？"西蒙歪着头，用肩膀碰了碰我的肩膀。

"不是。我是想给齐默尔曼太太试一试。她以前是小提琴家。"

"哦？是吗？我试试吧。"

三天后，西蒙找到我。

"小提琴没借到，但是我有一个朋友。他们自己有一个古典乐的小团体，不过不是专业的，只是个人爱好。我问了他是否可以周末来养老院，给大家表演，他同意了。我想问问你的意见。"

"哇，真的吗！这比我的主意好啊！太感谢你了！"我激动得像一只小兔子蹦蹦跳跳。院子里的老人们见到我都哈哈大笑起来。说："怎么'小猫咪'变成'小兔子'了。"（因为我的中文名字苗谐音"喵"，所以大家都管我叫小猫咪。）

我患有阿尔茨海默病，我不是故意的

周六的晚上，我们邀请了养老院的老人们和丹尼尔。院子里生起了篝火，我们准备了一些小吃和香槟。大家围坐在一起，欣赏西蒙的朋友们演奏音乐。

音乐响起，是德国传统的教堂曲目，我们大家合唱起来。

丹尼尔坐在齐默尔曼太太身边，一边跟着哼唱，一边看着她。

齐默尔曼太太用手打着节拍，洪亮的歌声，铿锵有力。

"这位美丽的女士，我是否可以请您为我们演奏一曲。"西蒙的朋友走近齐默尔曼太太，他半屈着膝，双手递上小提琴。

"齐默尔曼太太，齐默尔曼太太，齐默尔曼太太……"我们大家边鼓掌边齐声邀请她。

她看了看大家，丹尼尔向她坚定地点点头。

"好。"齐默尔曼太太掀开毛毯，接过小提琴，站起身，整理了一下衣服和丝巾。

"《四季·冬》送给大家。"她调整了一下姿势，调节好音调，开始演奏起来。

她闭着双眼，沉浸在琴声里。大家静静聆听的不仅是小提琴声，还有齐默尔曼太太想通过此刻的音乐表达的内心情感以及她仍对生活有着无限的美好愿景。每一个音符都带着她对音

当"90"后遇到"90"岁

乐的热爱、生命的赞美以及与疾病的抗争。琴声回荡在整个莱比锡冬日的星空里。

我们谁也没料到她会答应，并且她能流畅地拉完这首曲子。

"谢谢大家。"她深深地鞠了一躬。抬起头时，她微笑着看着我，睫毛微微颤抖。

那一晚，齐默尔曼太太没有跑到院子里来，她睡了一个饱饱的觉。

接下来的日子还和平时一样。时好时坏。她有的时候坐在窗边发呆；有的时候在客厅来回踱步；有的时候抓住一个人就问她的先生去哪儿了；有的时候躲在房间里哭泣；有的时候和大家在一起开心地做活动或者聊天；有的时候帮餐厅里的工作人员摆放餐具或者烘焙蛋糕；有的时候……

她不再叫我坏女人了，因为我把头发盘了起来。看来丹尼尔的猜测是对的。

家庭医生来问诊，我和他描述了篝火音乐会的事。

"这真是一个奇迹！"他瞪大了眼睛看着我。

几周后的一个明媚的冬日上午，齐默尔曼太太可以住进专业的阿尔茨海默病养老院了。丹尼尔因为担心，还是请假从美国赶了回来。早晨，我帮忙收拾了行李，整理好了档案以及接

我患有阿尔茨海默病，我不是故意的

下来一个星期的药。

"我要怎么谢谢你？"丹尼尔问。

"下次多带一盒巧克力。"我说。

我们都笑起来。

西蒙负责把他们送到阿尔茨海默病养老院，我已经通过电话和对方的主责护士做好护理交接。

我们彼此已经做了无数次的告别，说了无数遍的谢谢。但是上车前，齐默尔曼太太突然停住，回过头对我说："我患有阿尔茨海默病，我不是故意的。"

我愣在原地，丹尼尔也愣在原地，西蒙也诧异地一动不动。

直到苏萨娜的一声大嗓门："钥匙，房间的钥匙！"原来钥匙被丹尼尔顺手放进了口袋里。

我缓过神来，说：

"没关系，齐默尔曼太太。"

2017 年 2 月

莱比锡

后记：2018 年 7 月 28 日，齐默尔曼太太逝世，享年 88 岁。

143

当"90"后遇到"90"岁

丹尼尔在料理完后事以后又来到我们养老院。他像上次一样，给大家带来了一盒甜品，给我带来了两盒巧克力。

"喏，说到做到。"丹尼尔递过巧克力。

"怎么样，孩子们都好吗？"我接过巧克力。

"都挺好的。谢谢。你们大家都好吗？"

"都挺好的。"

"听说你要回中国了？"

"消息太灵通了！"

"西蒙告诉我的。"

"蕾奥妮，谢谢你。这声谢谢的重量远重于两盒巧克力。祝你一切顺利！"

"谢谢你，丹尼尔，同祝！"

我们彼此拥抱，拍了拍彼此的肩膀。

12

艺术疗法：
画出我的疼痛

当"90"后遇到"90"岁

在最近的养老院文娱活动中，我注意到了艺术疗法的疗愈功效。出于对艺术的欣赏及其疗愈性的好奇，我今天和老人们一起参与了一次。

我们围坐在一起。治疗师尤利娅给每个人分发了几张不同尺寸的白纸。并在桌子中间摆放了颜料、油画棒、绘画刮刀及各种大小的笔。

今天的主题是"我的梦"。大家可以画画、可以撕纸、可以利用现场的工具制作任何艺术作品。

我坐在克劳斯旁边，连呼吸都不敢大声，怕扰乱了他的灵感。

克劳斯62岁，是一个自闭症患者。半年前他来到日托中心。在这之前，他已经换了三家流动护理机构。每天8点准时带着他的治疗犬划着轮椅来到日托中心。最初的三个月，他并不情愿参加团体活动，所以我们提供了一对一的文娱活动以及艺术疗法。每天来到日托中心的还有一位叫托马斯的人，他是自闭症互助组织的一位工作人员，每天来到日托中心陪克劳斯聊天一小时。聊天内容不固定，通常只是闲谈。

克劳斯抽出一张Ａ4纸，双手盖在纸上，低头沉思。我不知道他在想什么，他的狗狗布迪把头搭在他的腿上，望着他。

半小时后，他拿起一个灰色的油画棒，画了一个迷宫一样的圈。又用黑色在边缘处画了好多圆点。接着他情绪激动，开始怒吼，然后撕碎了纸。

奇怪的是，尤利娅和所有的老人都没有表露任何不满和惊讶，他们继续创作着艺术作品。

"我不想继续了。"克劳斯对尤利娅说。说完他带着布迪划着轮椅回家了。

尤利娅把他的"作品"收纳起来，神情坦然。

他家就在照护中心后面的一条街，步行十分钟就能到达。周末照护中心关闭时，我们会提供上门护理服务。

我们被授权拥有他家的钥匙，并且进门之前不允许按门铃，还有绝对不许称呼他的姓氏，要称呼名字。

第一件事就是进卫生间：洗手和消毒。他家的卫生间一尘不染，浴缸亮得发光，墙壁和地面的瓷砖也亮得刺眼。卫生纸被整齐地收纳在透明的白色箱子里，每卷纸的开口都朝着一个方向。他为我们准备了专用的擦手巾，安排了固定的摆放位置。每一天的擦手巾颜色都不同，今天是绿色的。

"嘿，布迪。"我摸了摸它的头。这只聪明的小家伙正在欣赏克劳斯弹的钢琴曲。

他擅长弹钢琴，天赋异禀。

"李斯特的《钟》。"我站在客厅门口。

"您还知道这首曲子？"他回头，"哦，不好意思，我的意思是原来您也对古典乐感兴趣。"

"哈哈哈，略懂皮毛。"我走向会客桌，他已经把胰岛素、血糖仪和小药箱整齐划一地摆放在桌子上。

"我听说，您这次的实践考试不理想。如果您愿意，我愿意做下次实践考试的对象。"

"真的吗？那简直是我的荣幸，克劳斯。"我停下摆药的手，抬头惊喜地看着他。"上次的考试对象是一个阿尔茨海默病老人，虽然是轻度，但是我们的配合度并不好。"我继续补充道。

"我明白。"他说。

布迪趴在地上，眼巴巴地看着他。

"它想出去逛逛。"克劳斯指着布迪说。

"这是个很不错的主意，今天天气很好。"我加快摆药的速度，希望不要耽搁太多时间。

"哦，我没有逐客的意思，您慢慢摆。"克劳斯摆摆手。

"谢谢。"

"如果您有一点点时间，可以和我们一起在楼下的公园坐一会儿吗？"

"当然。非常乐意。"

克劳斯去拿外套的时候，我看到他家的墙上贴满了他参加各种音乐会、互助组织以及马拉松的照片和海报。固定电话的上方贴着一张求助指南。指南上清晰地标注了发生了火灾或者任何意外事件时，该拨打的电话以及先说什么，后说什么。每一句话都写得清清楚楚。书架上同尺寸的书排列在一起，并且根据尺寸大小从下到上整齐地摆放着。我曾经以为他是强迫症。

我们坐在公园里，3月已经渐渐有了初春的痕迹。

"谢谢您上次特意打电话给我的领导，对我进行了表扬。"

"不客气。您的工作表现非常优秀，这是应该的。"

当"90"后遇到"90"岁

"布迪最近好像胖了。"我摸了摸它的肚子。

"对，我最近换了新的狗粮，很合它胃口。"克劳斯宠溺地看着布迪。

"您为什么愿意做我的考试对象？考试当天会来两个老师。对于您来讲，她们是陌生的。"

"没关系，蕾奥妮。"

"您今天应该不只是邀请我和你们一起晒太阳吧？"我看着克劳斯问。

"聪明的中国人。"他笑了下。"前几天的艺术治疗，我无法继续进行下去。我不知道怎么表达。"他低下头。

"您的画就是表达。"我说。

"不是这个意思。"他停顿了五分钟，然后攥紧两个拳头敲打自己的头。布迪见状，迅速扑到他身上，试图拨开他的拳头。我没有进行任何干预，因为我知道，他需要自己冷静下来，他可以做到。

"不好意思。"克劳斯歉疚地继续低下头。

"我们聊聊，像和托马斯那样。我现在是休息时间，我不是护士，就是一个普通人。"

他缓缓抬起头，他的眼神里没有一丝情绪。

艺术疗法：画出我的疼痛

　　"我现在的父母不是我的亲生父母，而是养父母。我的亲生母亲19岁那年生下我就患了躁狂症。我的父亲认为我是一个'扫把星'，是因为我的降临，倒霉的事才一件接着一件发生。次年，他出车祸去世了。我被寄养在姑姑家，他们对我也不友善。经常骂我是怪胎。没有小朋友愿意和我玩儿。那个时候我唯一的伙伴就是一个叫布迪的玩具小狗，是我在垃圾堆里捡到的。在姑姑家我的日子并不清闲。5岁的时候他们就让我独自喂羊、打扫牛舍，如果不做就不给我面包吃。

　　"后来在邻居的投诉下，我被福利机构带走，他们帮我找到了这对养父母。这对夫妻不能生育，他们将我视如己出。一年后我被诊断出自闭症。我以为我的养父母会抛弃我，但是他们对我投入了加倍的爱。我的养父是一位钢琴老师，在他的影响下，我学会了弹钢琴并且痴迷古典音乐。我的母亲是一位语言学教授，她每天和我一起阅读，认字和交流。日复一日，年复一年。所以，我在语言方面的障碍并没有那么严重，除了在焦虑和紧张的时候。20岁我开始独居，但是我父母就住在我的楼上。"他指了指他们的阳台。

　　"托马斯今天来了吗？"我问。

　　"没有。我们只有周一到周五聊天。"他抚摸着布迪的头。

当"90"后遇到"90"岁

布迪开始和他撒娇。

"互助组织怎么样？"我问。

"很好。我很幸运能在第一次就融入这个组织，也是在这个组织的帮助下，我参加了马拉松比赛。"他自豪地说。"让我觉得舒服的地方是，在这个组织里，我并没有被当作一个病人，而是一个正常人，包括现在在日托中心也同样如此。之前的几家照护机构也不是不好，但是我在那里总感觉是个另类。"

"他们区别对待您？"

"不。他们把我当作一个老人，一个患有自闭症的病人。"他抱着布迪的头，继续说："我不喜欢被别人特别地对待，这让我感受到我被边缘化。"

"什么边缘化？"

"社会边缘化、生命边缘化。蕾奥妮，我是一个62岁患有自闭症的老人，这种边缘化经常困扰着我。"

"62岁，您还很年轻，如果您愿意，您还可以再工作5年。"（目前德国法定退休年龄为67岁）

"67岁，我不知道我还在不在这个世界上了。"他摆摆手。"我喜欢你们大家和我的沟通方式；我喜欢苏萨娜的大嗓门；我喜欢西蒙每次都叫我'兄弟'，并与我击拳；我喜欢尤利娅每次

艺术疗法：画出我的疼痛

不管我在艺术治疗中表现如何，她的'异常'的淡定；我喜欢其他老人在与我相处时的理解；我喜欢你和我讲话时的耐心和你的尊重。所有的所有，都让我感受到我没被你们区别对待，我不是一个老人，我也不是一个病人。"

"您没有被边缘化。无论是您的年龄还是关于自闭症。62岁，这只是一个数字，它并不能作为一个标签来代表您，这是生命进程向前的标志，而不是边缘化的标志。您患有自闭症，但是您的父母和您自己多年以来的努力和坚持，我们今天才可以坐在这里开诚布公地聊天；我们尊重您，同时也尊重自己。"我看向布迪，"你说，对不对，布迪？"它开始折腾着要回家。

晚上，我反复斟酌着他说的边缘化以及他的画。突然恍然大悟，原来答案的细节已经在纸上。

接着，我在网上搜索了关于艺术疗法的详细介绍：

艺术疗法的正式实践起源于 20 世纪中期的欧洲，该术语的创造者是英国艺术家阿德里安·希尔（Adrian Hill），时间是1942 年。当时，成千上万的人在疗养院里遭受结核病的折磨，人们发现，绘画是激发病人创造性的好方法，为他们提供了禁闭环境所没有的自由。

通过爱德华·亚当森（Edward Adamson）的工作，艺

当"90"后遇到"90"岁

术疗法很快传到了精神病院，他观察并进一步研究了艺术表达和情绪释放之间的联系。英国艺术治疗师协会成立于1964年。

大约在同一时期，艺术疗法在美国开始实行。最有影响力的是玛格丽特·南姆伯格（Margaret Naumburg）和伊迪丝·克雷默（Edith Kramer）。美国艺术治疗协会成立于1969年。

艺术疗法属于创造性疗法。它的依据是，艺术活动可以产生治疗效果。其目的不是创造艺术作品，而是可以进入一个人的内心世界。在艺术治疗中，绘画、雕塑、撕纸、泥塑等艺术作品是灵魂的一面镜子。

这是一门相对年轻的学科。同时，它不仅被用于心理和精神病领域，而且被应用于养老院等照护机构。

艺术疗法存在的危险因素：一些艺术作品有可能会唤起患者的痛苦回忆，特别是在患者有严重心理障碍的情况下。而这种疗法对于阿尔茨海默病、抑郁症、自闭症等老人可能会导致过度负面情绪。因此，专业的艺术疗法治疗师需要具备专业的心理学知识，才可以捕捉到患者的这种情绪和心理变化。艺术治疗师通过引导患者或老人通过艺术创作来唤醒情感，并通过老人的艺术作品来了解他们的内心状态，作为医疗诊断的参考。

艺术疗法：画出我的疼痛

第二天，在尤利娅和老人们结束艺术疗法治疗以后，我找到她，并且和她讨论了克劳斯的画。

"我知道。"尤利娅说。"很多时候，我们不知道该如何表达自己。尤其对于自闭症的老人来讲，合理表达是一件更加困难的事，又或者我们羞于表达。所以我们可以通过艺术创作的方式倾诉内心和潜意识里的想法。这就是艺术疗法的魅力所在。"尤利娅托着下巴对我笑着。

"克劳斯很感谢你和老人们在他发怒后没有对他的行为做出任何异样的反应。"我说。

"因为我们彼此都明白。"尤利娅拍拍胸口，对我眨眨眼。

我在日记里写下"边缘化"这个词，然后我停下来，看着它，开始思考：我如何在接下来的照护工作中帮助老人避免产生"边缘化"的感受？

初春已经来到莱比锡，万物复苏。春天真好，一片生机盎然。

2017 年 3 月

莱比锡

轮椅上的"天鹅"

当"90"后遇到"90"岁

　　艾米莉逐渐适应了养老院的环境和生活，除了苏萨娜的大嗓门。

　　艾米莉25岁时在一次演出排练时发生意外。幸运的是她被抢救了过来，遗憾的是她要在轮椅上度过余生。在这之前她是一位优秀的芭蕾舞者。

　　"我21岁来到德国，经朋友介绍来到艾米莉家做保姆。我的主要工作就是照顾她的日常起居。"优思蒂把烤好的土豆和芝士香肠端给我。自从艾米莉住进养老院后，她和丈夫一起经营快餐车生意。

　　"几十年一直在照顾她吗？"

　　"对，四十年了。我们几乎每天都在一起。她和她的父母都

轮椅上的"天鹅"

是很善良的人，从不把我当作用人，而是家庭的一员。我刚来的时候什么都不会，她母亲教会了我很多，同时也给予我的家人们很多帮助。"优思蒂边说边拿出手机。"这个就是她父母。这个是15岁时候的艾米莉。"

黑白照片里，艾米莉的父母依偎在一起，背景是他们家的花园。艾米莉穿着芭蕾舞服，灵动的眼睛让人不禁联想起湖畔的白天鹅。

"她是个富四代。但是他的祖父母、父母以及她简直比我还要简朴。他们为人极其和善，热爱公益事业。我实在无法接受更无法理解，为什么这样的厄运会降临在艾米莉身上，为什么要让他们一家承受这样大的苦难。没有人能切身体会艾米莉有多么痴迷舞蹈、热爱芭蕾。可是上帝偏偏夺走了她最重要的东西：双腿。她在医院住了整整四个月，出院后的一年又经历了两次大手术：一次是造瘘，一次是心脏移植。接着又接受了一年康复训练。那么年轻的女孩、那么美的天鹅，可她每天必须带着造瘘袋，整日坐在轮椅上。"优思蒂开始哽咽起来。

快餐车的顾客逐渐多了起来，我告别了他们夫妇。在院子里，我看到艾米莉的房间灯还亮着，伯德太太、施瓦茨太太和她坐在一起聊天。不知是什么有趣的事让她们捧腹大笑。

当"90"后遇到"90"岁

艾米莉除了每天需要更换造瘘袋，进行造口处的清理工作，还因慢阻肺需要每天持续性吸氧。她一共有三个吸氧机。稍大一点的是专门在夜里使用的，中等大的是白天在房间内活动使用的，最小的是外出时需要携带的。这三台机器的存在并不让我感到吃惊，它们产生的电费是由德国公立保险报销的。

"伯德太太和施瓦茨太太昨晚和您聊得很开心。"我扔掉换下的造瘘袋。

"是的。伯德太太和我聊了她孙女在幼儿园的事。哦，对了，她们最近在准备一个公益演出，将要表演芭蕾舞。"

"听起来真不错。"

"是的。伯德太太问我周末是否可以把她孙女带来，让我帮忙指导一下。"

"您怎么说？"

"当然可以啊。不过我担心自己的那些技巧已经过时了或者不适合一个4岁的孩子。"

"经典的都是永恒的。"我摸了摸她的肩膀。

"你可真是一只会安慰人的'小猫咪'。"艾米莉刮了刮我的鼻头。

艾米莉今年65岁。她拥有天鹅一般的脖颈，纤长的胳膊张开的时候好像一双翅膀。

　　周日下午两点半，伯德太太的孙女被她父母带到养老院，拜访完伯德夫妇后来到了艾米莉的房间。小朋友忽闪着大眼睛，软糯的小肚子里装满了刚刚吃过的小熊软糖，嘟起粉嫩的小嘴，奶声奶气地喊："艾米莉奶奶。"

　　"玛莉亚，我的小天使。"艾米莉张开双臂，俯下身，玛莉亚开心地钻进了她的怀抱里。"她比上次又长高了很多。"艾米莉宠溺地看着她。

　　我从未见过艾米莉那样的温柔。整个下午，她的脸上都洋溢着幸福的笑容。我想这种幸福可能就是天伦之乐吧。

　　艾米莉第二天早晨四点就醒了，开始精心打扮起来。她特意把她母亲留给她的茉莉胸针戴在胸前，一遍遍使用漱口水，反复看着镜子里的自己。早餐后，她开始不停地在门口张望，因为今天将有一个远方朋友来访。

　　"您好，我叫汉斯。是艾米莉的朋友。"

　　"您好，我叫蕾奥妮，是她的主责护士。艾米莉已经和我们交代过您的来访。她住在一楼，您从这边门口穿过走廊，转角左边就是。"我回答。

　　"哦，你来了。"艾米莉划着轮椅过来。

当"90"后遇到"90"岁

"嘿，艾米莉。"汉斯蹲下身，抱住她的肩膀，然后亲吻了她的手背。

接下来的日子，汉斯每天都来养老院陪伴艾米莉。这让我不禁好奇起来，他是谁？

"您也在？"我在优思蒂和她先生的快餐车外碰到汉斯。他抬起头，擦擦嘴边的面包渣。

"哦，蕾奥妮。"

"我可以坐这里吗？"我问。

"当然。请坐。"

"慢慢吃。"优思蒂把煎好的鸡排递给我。

"还是原来的味道，优思蒂总是能把每一样食物做出专属她的特色。"

"我认为你在夸我，汉斯。"优思蒂正在旁边清理餐桌，并对我眨眨眼。

"当然，当然。"汉斯笑起来。

"艾米莉房间的茉莉花真美。"我切下一块鸡排，尝了一口。心想：嗯……这份鸡排确实体现了优思蒂的特色。

用餐完毕，他在优思蒂的推推搡搡中还是放下了10欧元。

"别找了。"汉斯抓起一个本子，迅速跑开了。

轮椅上的"天鹅"

"他也是个好人。"优思蒂拿起他放下的钱，看着汉斯的背影。

"他每天都来养老院看艾米莉。"我说。

优思蒂坐在我的对面，神情严肃。

"他用一生陪伴着艾米莉。"优思蒂托起下巴，"他以前也是一位芭蕾舞者，艾米莉出事那天他在汉堡演出。他们俩从出生那天就认识了，在同一个产房。这本来是天赐的缘分。后来他跟随父母去了意大利生活，但是他们依然保持着书信来往。艾米莉父母去世后，他每年都会回到德国陪艾米莉度过圣诞假期。"优思蒂叹了一口气，接着说，"汉斯一生未婚。他生活在意大利西西里，并在那里开了一家疗养院。我们前几年还被他接过去度假。"

"艾米莉最近的健康状态其实不算乐观。前几天她持续发烧。"我说。

优思蒂皱起了眉。临走她给我打包了一份煎鸡排托我带给艾米莉。

"代我向她问好，周末我去看她。"优思蒂把打包好的鸡排递给我。

我来到艾米莉的房间，她坐在书桌前，桌上摆满了她以前

当"90"后遇到"90"岁

的照片。

"优思蒂向您问好。她周末来看您。"我解开包装，将鸡排摆在盘中，又切了一小块柠檬。

"生意还好吗？顾客多吗？"艾米莉问。

"生意还算好，顾客也算多。"

她把桌子整理出一个位置，在鸡排上挤了几滴柠檬汁。

"嗯，是优思蒂的特色。"艾米莉心满意足地咀嚼着。

"汉斯也这样说。我今天在那里碰到他了。"

"哦。"艾米莉边切鸡排边回答着。

"茉莉花真美。"我看着花瓶里绽放的茉莉。

"他是一位天才芭蕾舞者。"艾米莉放下刀叉，用餐巾擦了擦嘴。她把盘子向旁边挪了挪，和我一起看起了桌上的照片。

那些照片承载了她与汉斯一幕幕的回忆。年轻的他们一起骑马，一起外出度假，一起在田野上跳芭蕾舞，一起哭闹，一起在意大利的海边嬉戏……

此时，我看到了桌子的一角放着一个本子，那正是我今天看到的汉斯手里的那本，表皮已经有些发黄，边角也已经有些破损，首页写着《舞蹈治疗的意义》。

"这是我和汉斯以前一起写的关于舞蹈治疗的笔记本。"她

轮椅上的"天鹅"

拿过本子递给我，继续说，"舞蹈动作和舞蹈律动可以抚慰心灵。我不能继续跳舞以后，在偶然一次慈善活动中了解到了舞蹈治疗，并对此产生了极大的兴趣。我和汉斯一起参加及组织了很多公益性质的治疗活动，用于帮助那些因各种创伤、心理疾病或与我有一样遭遇的喜爱跳舞的人。"她一边将照片收起来，一边说，"蕾奥妮，我没有机会去完成我的梦想了；我也没有机会全身心地去爱我爱的人了；我更没有机会去真正体会儿孙满堂的天伦之乐了。但是我知道我应该知足，我至少度过了25年梦幻的生活，我曾为我的梦想奋斗过。在你的身上，我好像看到了二十几岁的我。年轻真好，活着真好。"她摸摸我的脸颊。

"我累了，晚安。"

"晚安，艾米莉。"

回到家，我看着艾米莉的窗户，她习惯夜里睡觉开着小夜灯。临走前，我帮她换好了睡衣，设置好夜里使用的吸氧机。虽然她最近状态还是不太乐观，但是至少已经退烧了。

我上网搜索了关于舞蹈治疗的相关信息。它的疗愈效果让我感到意外。

玛丽·怀特豪斯（Mary Whitehouse，1911—

当"90"后遇到"90"岁

1979），美国人，第一个将舞蹈动作的本质与心理学理论结合在一起的舞蹈治疗师，是舞蹈治疗学的先驱之一。

她早期是一位现代舞教师，20世纪50年代初期在美国西岸从事研究工作，曾经向美国现代舞大师玛莎·葛兰姆（Martha Graham）和德国表现派舞蹈大师玛丽·魏格曼（Mary Wigman）学舞，并受到荣格学派的心理分析学的强烈影响，而远赴位于瑞士苏黎世的荣格学院深造。后来她逐渐对舞蹈表演失去兴趣，而是将舞蹈作为心灵探索的媒介，帮助他人用这样的方式觉察自我及内在。

她将自己研究的方法称为"深层律动"（Movement In Depth）。深层心理学是心理学的一支，关心的是非意识的现象，对于在私人课程中治疗非精神病患者的荣格派治疗师而言，她的研究具有重要的影响。她的研究证明了荣格的思想可以和律动结合在一起，她的理论支持了自发律动，表达可以作为非意识过程的反射，用于精神病治疗的舞蹈治疗法是一个重要元素。怀特豪斯将自己的研究描述为"可以揭露自我的身体律动"，所谓自我是"人最完全的潜能的原型身体律动"。她最重要的贡献是证实律动经验可以被用来接近非意识，非意识包含原型和心理的转化元素。在借由荣格的"主动想象力"来描述

轮椅上的"天鹅"

自发律动时，会产生可以用来达到治疗目的创造过程。

关上电脑，我想：我可以为她做些什么？

第二天，我通过伯德夫妇联系到了玛莉亚的父母，想通过他们联系玛莉亚的舞蹈团。

一周后，由8位4~6岁的"小天鹅"组成的芭蕾舞团来到了养老院。

艾米莉和汉斯坐在观众席的一角。优思蒂和她先生也被邀请前来。

这8只"小天鹅"在跳完舞以后，来到艾米莉和汉斯身边，玛莉亚又嘟起她粉嫩的小嘴说："艾米莉奶奶，汉斯爷爷，我们可以一起跳一支舞吗？"孩子们期待地看着他们。汉斯看看艾米莉，艾米莉也看看汉斯，然后他们一起向孩子们坚定地点了点头。

汉斯把艾米莉推向场地中间，孩子们将他们围成一圈。他负责推轮椅，艾米莉闭起双眼，抬起头，挺直腰背，挥舞起了她的"翅膀"。

那一刻，我恍惚间看到一只天鹅，在波光粼粼的湖面上翩翩起舞。

那晚汉斯一直待到很晚。我不知道他们聊了什么。

当"90"后遇到"90"岁

他走后，我去帮艾米莉设置好吸氧机并帮她换了睡衣。汉斯已经协助她刷了牙，洗了脸。

走的时候，艾米莉拉住我的手，示意我坐在床边。

"蕾奥妮，你有什么梦想吗？"

"先把书读完。"我握住她的手。

"好孩子，你一定可以。"

"谢谢。"

"蕾奥妮，我希望你永远都这样活泼可爱、勇敢坚强，幸福快乐地度过生命里的每一天。"

"嗯！"

我俯下身抱着她，她摸摸我的头，就像摸玛莉亚一样。

"莱比锡的春天，来了。"

"嗯，哪天天气好的时候，我带你出去散散步。"

她没有回答，只是微笑着，紧紧地握着我的手。

三天后，她在睡梦中去世了。葬礼安排在了一周后的周末，汉斯邀请了养老院的同事、伯德夫妇、施瓦茨太太以及玛莉亚和她的父母。

"谢谢你，蕾奥妮。"汉斯递给我葬礼的邀请卡。

"我没做什么。"

轮椅上的"天鹅"

"那天晚上，艾米莉把与律师协商好的遗产文件交给了我。可能她比我们任何人都清楚，她很快要离开了。两个月前她写信给我，问我是否有时间回德国帮她处理一些事宜。我以为只是和平时一样简单的小事情而已，没想到是后事。"汉斯停顿了一会儿继续说："我的'天鹅'飞去了远方。"他用双手捂住了眼睛，浑身颤抖起来。

艾米莉将一部分遗产赠与了优思蒂，剩下的全部捐赠给了慈善组织。后来，优思蒂找到律师，将她那一部分以艾米莉的名义一并捐赠了出来。

晚上我回到家，打开邀请卡。以白天鹅的图案做背景，照片中，艾米莉甜美地笑着。

你可以体会吗？一个至爱舞蹈的人失去双腿，并在二十几岁开始需要终身使用造瘘袋的感受吗？

你可以想象吗？这几十年的日日夜夜，她是怎样度过的呢？她怎样重新建立自尊心和自信心？在面对厄运时，她是以怎样的意志力重新坚强起来的？

你可以懂吗？挚爱就在眼前，却无能为力，每一句话都需要仔细斟酌，怕太亲密也怕太疏离。

无数个夜里，我透过艾米莉的窗户，看到她展开双臂舞蹈起来。她在想什么？是在贝加尔湖畔踮起脚尖？还是在意大利托斯卡纳的田野上与汉斯一起奔跑？那一刻，没有人能够感同身受，一只天鹅失去翅膀的孤独。

我的梦想是什么？

艾米莉，我的梦想是用我的青春陪伴你们，并倾尽全力帮助你们在生命的这一段旅程中将梦想照进现实。

我的梦想是如果有一天你们去了远方，我还能怀揣着你们所有人给予我的力量，继续勇敢地度过未来的岁岁年年。

轮椅上的"天鹅"飞去了远方，今年莱比锡的春天再也看不到她挥舞的"翅膀"。

2017年5月

莱比锡

后记：葬礼结束后，汉斯回到了西西里。他带走了与艾米莉的所有合照。

很久以后，我在书店翻看一本花艺书，看到茉莉花的花语是纯洁真挚的爱。

2️⃣0️⃣1️⃣7️⃣年
0️⃣7️⃣月

我老了，我还能做些什么

当"90"后遇到"90"岁

贝克尔太太一直工作到72岁才退休。在这之前她是一名食品工厂的质量检测员。

退休那天，工厂的所有人为她举办了感谢会。这是她第一份工作，并且恪尽职守了40余年。那张与大家的合影照片一直挂在她客厅的墙上。对于她来讲，这不仅是一份情谊，更是一种实现自我价值的见证。

养老院扩建竣工后，她搬了进来，护理等级是零级，只需要保洁人员定期进行一次大扫除即可。

她每天的生活极其丰富：周一到周三去上英语课；周四参加老年合唱团；周五去朗诵班；偶尔周末她还会去做志愿者。

周末我购物回来，在院子里看到她端着烤盘。

我老了，我还能做些什么

"蕾奥妮！"她热情地招呼我。

"贝克尔太太。"我同样热情地回应。

"我烤了一些饼干，刚刚分给了周末还在工作的护士和实习生们。你今天有没有空，来我家喝咖啡，吃香草饼干？"

"好。我把东西放回家就去您家里。"

"好，慢慢来。我去准备一下。"

她的家里装饰得很简约。除了一些常用的家具，就是散落在各个角落里的绿植以及一整面墙的书。

"请坐。"她从厨房端来咖啡壶。

"贝克尔太太，您家里的香氛味道很好闻，让人好像置身在森林里。"

"谢谢。这是我女儿带给我的，我回头问问她在哪里买的。快吃，不用客气。"她把饼干盘又向我挪了挪。

"您今天没有外出吗？"我问。

"没有。今天没有活动参加，我就在家享受周末了。"

"您在织毛衣吗？"我指着沙发上的小木筐里的毛线。

"没有，是帽子、围巾和手套。我想在今年冬天到来前给青少儿残疾院的孩子们织一些实用的织物。十几岁的时候我妈妈教过我，不过我很少织，所以几乎快要忘光了。你看，我让我

当"90"后遇到"90"岁

女儿帮我做了一些棉布小标签，上面印了孩子们的名字。然后我会把这些标签缝在织物上面。"她拿起那些标签递给我看，笑盈盈的脸上满是对孩子们的宠爱。"我们上个月通过社会的募捐活动收到了很多玩具、二手衣物、图书和手工制作，等等。这些一并都转交给了青少儿残疾院。蕾奥妮，做这些事真的可以让人感受到发自内心的快乐，并且在精神上得到一种振奋的力量。"

"贝克尔太太，您对退休后的生活有具体的计划吗？"我放下咖啡杯，问她。

"具体的计划？没有。你知道我退休后的第一天去做了什么吗？"她伸过头，接着说："我叫了几个好姐妹们喝了一天的酒。大家酩酊大醉，酣畅淋漓。为了能在工作中保持清醒和理智，为了保持一个健康的状态，我在过去几十年的职业生涯中滴酒不沾。但是现在，我退休了，我给予了自己喝酒的自由。过了一段随性的生活后，我坐在家里，无所事事。我开始思考：我老了，我还能做些什么？"

她摘下老花镜放在桌子上，望向了窗外。

"我母亲是一个很普通的家庭主妇。她和我父亲养育了三个子女。我的两个哥哥已经去世。在我的家庭教育中，我的母亲

我老了，我还能做些什么

对我的影响最深。她是一个典型的德国女人：坚强、隐忍、勇敢、独立和永不服输。她总有忙不完的工作，她不停地帮助别人，但是她却乐此不疲，享受这份忙碌。我以前不太理解，现在我能明白我的母亲了。"她转过头看着我："在生命的每一个阶段，实现自我价值。"

"现在很多年轻人都很迷茫，包括我。我不知道我的价值是什么，以及我可以创造怎样的价值。那如何谈实现呢？"我看着她的眼睛说。

"孩子，我想我能这样称呼你，因为你和我的外孙女差不多大。我常常和我的孩子以及孙辈分享这样一段话：在你的能力范围内，把每一件事做到极致。在不断的学习中提升你的能力做更多有意义的事。有意义的事是广泛的，不仅是赚很多钱，有一个好的学历或者有一份体面的工作。还有那些看似微不足道的小事。比如你前天帮助米勒太太取报纸，在我看来这种帮助的意义是无价的。这种行为带来的价值是无法衡量的。"

她喝了一口咖啡，继续说："我不想建议你们年轻人。因为我也年轻过，反正我不喜欢被上一辈人建议来，建议去。而且时代不一样了。说实话，我不能理解当代年轻人的迷茫，就像你们无法理解我们这一辈人为什么总是没事儿找事儿做。"我们俩同时笑了起来。

她接着说："不是吗？你们年轻人是不是会奇怪，为什么那么多老人习惯每周五大早上就去超市门口排队购物？为什么很多老人早晨四点钟就起床听收音机？为什么大周末的不在家好好睡懒觉，要去做志愿者？为什么我们总是喜欢用纸币，而不是像你们一样刷卡支付？因为时代不同了，价值两个字也有了不同的意义。所以我很遗憾不能给你建议，也无法告诉你，在这个时代，你如何在社会里实现自己的价值。你要问你自己你想要什么？你要做什么？你需要通过怎样的努力得到它们？"

"那您现在想要实现怎样的个人价值？"

"好问题。我当时也问自己。我尝试过做一些家务的事，也尝试过帮我的孩子们做一些力所能及的事。但我始终都无法找到一种平衡。在内心里，我还是认为我在'虚度时光'。我很健康，这是上帝的恩赐。所以我想继续学习以及做一些我想做的事。第一学习外语。选择语种时，我也有考虑过中文。但是它太难了，我看了你们的文字后天旋地转，血压都要升高了。所以我最后选择了英语，它和德语同属于日耳曼语系，有些词汇并不陌生。第二写诗。我年轻时候第一个梦想和食品没有任何关系，我想做一个诗人。我当时还写过一些小诗，但是现在都

我老了，我还能做些什么

找不到了。最后迫于生计把它当作了爱好。我现在加入了一个朗诵班。我们不仅会一起朗诵，还会写一些原创的小诗互相分享。下周轮到我了，我还没想好写什么。第三做志愿者。我可以为别人带来哪些帮助？这种帮助不需要任何回报。我喜欢做这样的事，它让我觉得我的存在是有意义的，我是被别人需要的。我的内心世界得到了一种升华。74岁，我被定义为老年人。但是这并不意味着我失去了自理能力和自主判断能力。我很乐观也很客观地看待衰老以及老年人这个词。因为这就是人啊，是生活啊，是生命的一个阶段啊。那我想，我在这个阶段，以现在的健康状态，在我的能力范围内我可以为自己做些什么？什么可以让我的生活变得更加有趣？我还可以为别人提供怎样的帮助？我，一个74岁的老太太，还可以为这个社会创造多少价值？无论这个价值是大是小。有些老人因为健康问题限制了活动能力和范围，但是通过照护中心的协助，他们依然有机会去实现价值，无论是向内还是向外、为自己还是为别人。我相信他们可以，并且一定做得很棒。"她拿起一块香草饼干放在嘴里，说："嗯……味道真不错。你看，我又创造了价值。今天烤制的香草饼干非常成功！"她满意地又拿起一块。

我也拿起饼干和她一起品尝起来，味道确实很棒！

当"90"后遇到"90"岁

一周后，贝克尔太太从朗诵班回来。特意和我分享了她写的小诗。

"我的生活是缤纷的。

我在春天收集露水；

我在夏天收集阳光；

我在秋天收集晚霞；

我在冬天收集雪花。

我的生活是快乐的。

有春天里的活力；

有夏天里的热情；

有秋天里的浪漫；

有冬天里的沉静。

我是幸福的，

因为我拥有你们的爱与温柔。"

安娜·贝克尔

2017 年 7 月 21 日

莱比锡

我老了，我还能做些什么

"我可以请您给我签名吗？美丽的女诗人。"我看完她的诗，满是恳求的眼神望着她。

"当然。"她露出自豪的表情，欣然接受了我的崇拜。

我喜欢贝克尔太太身上的那种自信、骄傲和坚定。她的光芒从不刺眼，而是充满力量。就像当你迷路了，在不知所措中她一把拽住你，为你指着一个方向，笃定地说："看，就在那儿！"

晚上我坐在桌前，写着日记。

我问自己：我现在二十几岁，我想做些什么有意义的事？为自己、他人以及这个社会，我能释放怎样的能量和力量？

我问自己：我可以为老人们做些什么？我如何帮助他们在这个生命阶段实现自我价值？我如何让阿尔茨海默病或者全失能的老人感受到自我价值以及保持自信？一个充满活力的老年生活是怎样的？我们如何颠覆社会对老年人及衰老的偏见观念？

通过老人们的日常生活及活动，让他们感受和意识到自己即使在健康状态和活动能力受限的情况下，依然可以做很多有趣的新鲜事或者依旧能像以前一样继续自己的爱好；通过在活

当"90"后遇到"90"岁

动中的接触、沟通和交流，让老人与老人之间、老人与工作人员之间以及老人与社会之间建立和保持联系；通过让老人在做这些事情的过程中让他们认识到，原来老年生活其实并不仅意味着病痛、遗忘和倒计时。而是依然充满机会，闪耀着生命的光亮以及散发着生活中的热情和活力。他们依然能在老年阶段实现自我价值。照亮自己、亲属、他人。

在德国的护理教育中，他们将"活动性、积极性"列入教学重点。在学校里的文娱课上，将会学习如何设计具有疗愈性质的活动内容。这些在一名专业护士的注册考试中作为重点实践考试项目，即护士需要与老人进行一项具有调动积极性和疗愈性质的活动。这也将是日常照护工作中基本的、必需的护理措施之一，在阿尔茨海默病老人的日常照护中尤为重要。

而在这个社会里的其他人，如我们这些青年人、中年人，能从他们身上看到什么呢？是他们对生命的尊重。他们老了，但是他们的生活依然值得赞美！

贝克尔太太让我对"衰老"以及"老年人"又有了新的认识和认知。

她是一位擅长烘焙香草饼干、正在学习英语、年轻的74岁

我老了，我还能做些什么

现代女诗人。

2017年7月

莱比锡

后记：贝克尔太太在2017年的冬天到来前，为青少儿残疾院的孩子们送去了她亲手织的"温暖"以及烤制的香草饼干。现在她依然身体健康，爱好写诗，坚持每周学习英语。

渐冻症：我的冰雪世界

当 "90" 后遇到 "90" 岁

离开特普费尔先生家，外面突然下起倾盆大雨。我站在屋檐下，望向灰蒙蒙的天：到底发生了什么事，让天空如此悲伤。

特普费尔先生今年62岁。他的父亲是因渐冻症去世的。很不幸，在五个兄弟姐妹中，特普费尔先生是唯一一个患有渐冻症的。确诊那天是他和他太太的30周年结婚纪念日，那一年他50岁。

特普费尔先生和太太孕育了三个子女。这三个孩子分别定居在瑞士、新西兰和加拿大。得知消息后，孩子们匆忙地从世界各地赶回家。像小时候一样，特普费尔先生为孩子们烹饪了蘑菇奶油汤，烤了面包，做了采用独家秘方调制的土豆沙拉。

"蕾奥妮，你知道吗？无论孩子们多大，去了多远的地方，

渐冻症：我的冰雪世界

只要我想起我们一家人围坐在一起。孩子们开心地吃着我做的饭，我就感觉他们在我身边。"特普费尔先生说。

"膝盖还痛吗？"我问。

"好多了，家庭医生这次开的止痛贴很管用。"

"您很喜欢滑雪？"我看着满墙的照片问。

"对。滑雪是我唯一的爱好。以前每年冬天我们都会去瑞士滑雪。"他望着那些照片，然后转过头开起玩笑说："蕾奥妮，我将永远活在冰雪世界了。"

我给他配好今天的药，特普费尔太太外出购物回到家。

"蕾奥妮，好久不见。你是去度假了吗？一切都好吗？"她问。

"一切都好。我没有度假，最近都在养老院内或者日托中心工作。您一切都好吗？"

"都好都好。谢谢。"她像往常一样热情。

特普费尔先生现在已经无法工作了。每日大部分时间都坐在轮椅里。四肢肌肉已经开始逐渐萎缩，但还没有完全失去自主能力，在协助下可以进行床和椅之间的转移。特普费尔太太承担了大部分的家庭照护工作。每月她将从公立照护保险获得部分家庭照护的补贴。三个子女每个月会一起支付特普费尔夫妇的房租以及各类附加费用。这在德国来讲，是罕见的"孝顺"。

作为流动性护理，我们每天来两次。早晚负责给特普费尔先生配药，测生命体征。

今年12月他们将去瑞士小女儿的家里度过圣诞节，再看一眼瑞士的冰雪天地。自从特普费尔先生确诊以后他们每年夏天和冬天都会外出度假。此外，他的日常生活也非常丰富。

一个渐冻症的老人的日常生活，他可以做什么？

他可以：外出散步；去体育馆看球赛；去电影院看电影；去动物园；去现场看冰球比赛；去逛街；每年外出度假……这几乎和健康的人的日常生活没有太大的差别。

我思考：他为什么可以？

特普费尔先生的乐观态度体现在他生活里自我意愿的主动表达，自我赞赏，乐于分享，积极配合，保持社交，自尊且尊重他人。他是如何做到这一点的？

①在照护工作中建立护理人与被护理人的信任。

②鼓励。即在日常照护工作中，每一个细节都给予他尊重。在他的健康状态持续呈下降趋势的情况下，鼓励并且和他一起克服困难。

③信息分享和透明化。对于所有护理方案，护理措施及护理目标等我们都会与特普费尔夫妇提前沟通和协商。将所有信息与他们及时分享。

④协商和建议。特普费尔先生目前还具有决策能力。所以在反馈各项健康指标的同时，我们也会多采集患者对相关护理工作的实际效果的反馈。做到：多观察，多询问，多征求意见。从而考虑是否进一步给予辅助建议。随着病情的发展，适时调整护理方案。

⑤反馈机制。对于特普费尔先生的需求、建议及意见等给予反馈。

⑥家属的参与、关怀与工作支持。特普费尔太太承担了大部分的家庭照护工作。这不仅为我们的流动护理工作减轻了压力，也让特普费尔先生感受到，自己从未与家人疏离。

⑦社会交际及保持社会联系。在特普费尔先生确诊后，他没有切断任何社交。首先他依然和朋友们保持着联系以及日常会面或活动；其次他并没有把自己从这个社会中踢出，而是继续到人群里，参与到社会活动中。然后他与医院一起合作了一个"认识渐冻症、关爱渐冻症"的项目。希望通过这样的项目让大家客观地了解渐冻症群体，普及渐冻症知识。呼吁社会给

当"90"后遇到"90"岁

予渐冻症群体更多的支持。这种支持不仅体现在福利支持，还有人性关怀。

⑧社会环境。在这一点我要特别指出，特普费尔先生每年夏天度假的海边酒店专门为患有渐冻症、有活动障碍的老人及身患残疾的人提供了特别的设施条件和服务。每一个角落的便利设施尽显人性化设计。从这一点我们可以看出，这家酒店的服务理念以及对这类群体的理解和包容态度。

这种态度不仅体现在一家酒店上，还体现在其他方面。如德国的公共交通设施都有固定的车厢和老弱病残区域，甚至德国的公交车在停车时可以进行一定角度的倾斜便于乘客乘车。驾驶员有义务帮助这些人进行上下车和换乘。公共场合随处可见为活动障碍人群提供的便利设施等。每一个细节都让活动障碍群体有一个感受：我被接纳、我被理解、我被包容。这就是整个社会向这个特殊群体表达的尊重。

⑨福利保障。19世纪70年代俾斯麦建立了社会保障模式，为德国建立完善的社会福利保障体系奠定了基础。他们实现了全民医疗、教育及养老福利。所以即使特普费尔先生因生病无法继续工作，他依然有权利获得社会福利的保障，高额的医疗与护理费用绝大部分也都将由公立保险直接报销。

⑩德国有渐冻症护理模式，即家庭一对一护理模式。由护理机构安排几个护士为一组渐冻症晚期患者进行家庭护理。白天和夜晚分别由一位护士在患者家中进行照护工作。他们的工作不仅有基本的个人护理、医疗措施、护理措施，还有带患者外出社交、看家庭医生、去医院做常规检查、度假及参加各类社会活动，等等。当患者与家属外出度假时，将会有两名护士跟随，负责旅途中的照护工作。而这完全属于工作时间。旅途中产生的所有护理费用及医疗耗材费用由公立医保报销。在患者疾病的末期，会有专业的安宁疗护介入护理工作。

在我梳理了以上个人观点以后，我不仅理解了为什么特普费尔先生即使在患病的情况下依然可以享受到这样有温度的人性化照护，而且对德国的基本社会福利保障体系感到震惊。

上周，我被特普费尔夫妇邀请去参加他们组织的一次渐冻症互助活动。这个活动会定期举办，为患者与患者之间、家庭与家庭之间以及亲属与亲属之间提供沟通交流的机会。在整个活动过程中，我被每一个人脸上的笑容所感染，也对他们乐观的态度感到震撼。这与我以往认识的渐冻症患者的生活截然相反。他们依然可以体面地生活，依然有机会表达和分享，依然

当"90"后遇到"90"岁

在向整个社会传递真善美及正能量。

"蕾奥妮,我没有机会重新回到瑞士的冰雪里了,不能再好好感受来自雪地上的快乐了。但是生活总要继续,我收获了另一种可能。那就是在渐冻症这个冰雪世界里,竭尽全力地、有尊严地活着。"特普费尔先生对坐在草地上的我说。他的语言表达能力和流畅度已经有了明显的障碍。我握住他的手,在8月的艳阳下,我却感到一阵冰凉。

特普费尔太太走到他的身后,默默地抱住他。

一个具有人性化的照护工作,不仅是对照护需求者身与心的专业护理,还包括对家属的理解和关怀。

我在克里斯塔·布克尔(Christa Büker)撰写的《让照护家属重拾坚强》(*Pflegende Angehörige stärken*)中读到:

> 渐冻症的诊断不仅对患者意味着巨大的变化,对家属同样如此。他们将处于一个新的生活境况,患者的家属会越来越依赖帮助,而且他或她的生命将受到严重影响。在家庭护理的压力下,照护家属常常会忽视自己的健康需求。导致大多数的家庭照护者精疲力竭。因此,家庭照护者自

渐冻症：我的冰雪世界

己也需要支持和帮助，以便能够更好地平衡日常家庭护理的压力。

很多渐冻症护理机构都为家属提供了心理医生咨询；社会公益性渐冻症互助组织为渐冻症家属提供了免费的支持与帮助。

8月的莱比锡，烈日炎炎。可特普费尔先生的生命里再无四季。

2017年8月

莱比锡

后记：2017年的圣诞节特普费尔先生未能如愿去瑞士，而是在医院的ICU里度过的。他出院后，我趁着下雪天团了一个雪球去拜访他。他的手指还微微能动。我把雪球放在他的手里。他瞬间泪如泉涌。

2017 年
10 月

我不需要你的可怜

当"90"后遇到"90"岁

周日，克莱因太太按响了呼救铃声。这让我非常疑惑，因为她从未按响过铃声。我急匆匆地放下手里的文件赶到她家里。

"克莱因太太，怎么了？"气喘吁吁的我来不及先向她问好。

"一小时前我不停地咳嗽，越来越严重。"她捂着胸口，断断续续地回答。

"您还有其他的伴随症状吗？"我蹲在她面前。

"没有，只有咳嗽。"

我马上拨打了116117①。

———————

① 116117 是德国医疗求助热线。所居住的辖区内，每天 24 小时都有各个诊所的医生轮流值班。他们会开车上门进行问诊。此热线只提供非紧急医疗服务。若情况严重，需要拨打急救电话。116117 提供的上门诊治服务费用由医保报销。

我不需要你的可怜

"您好。我是养老院的护士蕾奥妮。我们的一个老人一小时前剧烈咳嗽，没有好转的迹象。我现在需要医生来访。"

"好。请您告知老人的医保卡号、养老院地址及邮编。"

告知完一切信息后，我去取了一个植物性镇咳的喷雾。在等待医生上门的这段时间里，克莱因太太一边使用喷雾尽量止咳，一边哽咽着。

"我不想麻烦任何人，我也不需要你们的可怜。"

"这不会麻烦我们，我们都知道您是一个独立、坚强的女士。"我抚摸着她的肩膀尝试安慰道。

"一年前我突然坐上轮椅，今天我突然剧烈地咳嗽，会不会是我的肺部出了问题？"她焦急的语气里夹杂着担心。

"我希望不是肺部问题。一切都要等医生来访后进行诊断。"我平静地回答她。

她哀声叹气，耷拉下失望的头。

半小时后，门铃响起，医生来了。

"梅拉妮！今天你值班？"我惊讶且激动地提高了音量。

"对，今天我值班。我刚从上一个患者家里开车过来。"她一边脱下外套，一边吐槽着今天的工作多么的繁忙。"嘿，克莱因太太，我来了。"梅拉妮拎起医疗箱子走到克莱因太太面前，

当"90"后遇到"90"岁

蹲下来，抚摸了一下她的肩膀。

"哦，梅拉妮！好孩子，今天你值班我就放心了！"克莱因太太庆幸且感激。

在梅拉妮为克莱因太太诊断的过程中，我瞥见凌乱的卫生间，牙刷杯和牙刷散落在地上，浴缸里泡着浴巾和沐浴露瓶子等，香皂盒倒在卫生间门口，香皂掉在了马桶旁边。地面到处都是水渍和轮椅轮子的印记。

"天啊！"我心里想。

"您没有大碍。通过听诊，肺部没有什么异常。"梅拉妮说。

"需要服用止咳药吗？"我走到他们身边。

"暂时不需要，但是请给她进行雾化。如果情况依然没有好转，再给她镇咳药。我把医嘱写一下。"梅拉妮直接坐在走廊上，翻出背包里的医嘱单和止咳备用药。"对了，明天和她的家庭医生联系，告知一下情况。"她递给我医嘱单和药物。

"好，谢谢你。梅拉妮。"

"你最近还好吗？"她站起来，边穿衣服边问候我。

"还不错。你呢？"我问她。

"忙忙忙。"她摇摇头，背起包，拎起箱子。"今天我值班，

我不需要你的可怜

如果有任何问题，你直接打我电话吧。"梅拉妮摆摆手道了别，出发去下一个患者家里。

"我可以帮您整理一下卫生间吗？"我问。

"哦，我的好孩子。你真好。"她摸着我的头，"我本来尝试去整理。但是我弄得一团糟。想清洗浴缸，结果我也不知道水龙头怎么了，喷的到处都是水。我现在什么都做不好，也不能做了！"她双手捂着眼睛，又开始哽咽起来。

我清理和整理好卫生间后，雾化也结束了。克莱因太太的状态有明显的好转。

我打开窗户，十月的桂花香扑鼻而来。

"蕾奥妮，过来。"克莱因太太向我招手。

我走过去，她把五欧元塞进我的口袋。然后捂住口袋抬头和我说："这是给你的，好孩子，谢谢你。不要拒绝。"

"好，谢谢您。"我蹲下来，握住她的手。

"蕾奥妮，我不会有事，对吗？我不会去医院，对吗？"

"对。梅拉妮说没有大碍。可能因为天气逐渐凉了，您受了冷气。"

"不要和家庭医生说，我怕他让我去医院做检查。我可受够医院里的日子了。"她恳求道。

当"90"后遇到"90"岁

"这一点我不能向您保证。我有义务和家庭医生汇报情况。但是请您相信梅拉妮和我,您不会去医院,您也没有大碍。"我更加握紧她的手,并且坚定地看着她的眼睛。

"克莱因太太,您知道吗?您的眼睛比蓝宝石还要美。"我说。

"哈哈哈,你这个孩子,每天只会逗我开心。谢谢你。"

克莱因太太今年70岁,退休前是一名优秀的律师。她主要负责离婚案件。并且在自己的离婚过程中,赢得了巨大的成功。这并不是因为法律专业出身带给她的知识储备的结果,而是智慧。驰骋职场几十年,她从来没有麻烦过任何人。听起来很不可思议,在职场和人际关系中怎么可以做到这一点呢?但她可以。

"因为我叫安娜·克莱因。我不允许自己向任何事和任何人低头。"她望着对面墙上当年的大学毕业照片,继续说:"包括我自己。"

一年前她在一次骑行过程中发生了一场意外。随即她住进了医院并且进行了紧急手术。那次以后,她开始了周而复始的康复运动和治疗。但是即便如此,她已经不能独立行走,而只能是短暂站立了。

我不需要你的可怜

这对她的打击不止是身体层面的，更多的是精神层面。

在术后住院的前期，她通过导尿管排小便，每天躺在防褥疮的全自动护理床上，看着导尿管以及每天进行各种检查和康复。她无法想象以后的日子依靠什么继续下去。她也很难接受：那样坚强、独立和骄傲的自己，以后再也不能独立行走了。

后来在她的强烈要求下，医生允许将导尿管导出，并每天加强她的盆底肌训练，有助于她能尽早自主排尿。与此同时，她接受了心理医生的问诊和咨询。

她的状况逐渐好起来。在医院内的康复训练进展得越来越好。心理咨询和艺术疗法帮助她缓解了当下因健康问题产生的焦虑。

住院两个月后，医生终于允许她回家了。但是这次回家不是回原来的家，而是我们养老院。

她的女儿帮她提前安排且决定了所有的事，并且没有提前告知克莱因太太，更没有征得她的同意。直到出院的前一天，克莱因太太才得知自己将要住进养老院。她与她女儿展开了"两个律师之间的激烈谈话"。

克莱因太太的女儿也是一名驰骋职场的精英律师，35岁时开了自己的律所。她不仅拥有克莱因太太一般的睿智，还有如

当"90"后遇到"90"岁

她宝石一般的眼睛。

"我的妈妈很强势吧。"克莱因太太的女儿笑着对我说。

"没有没有，她人很好。"我回答。

"'她人很好'是一个非常通用且严谨的夸人的句子。蕾奥妮，你现在越来越懂得德语的精髓了。"她打趣道。

"和律师讲话要小心。"我回答。

在一阵笑声中，克莱因太太的家庭医生正好走过来。他今天特意安排了问诊。

"她暂时没有大碍，肺部没有明显的异常。注意观察。"他对我们说。

"暂时？您的意思是一会儿或者以后会有问题？"克莱因太太的女儿问道。

"这个我无法预知。我的意思是目前她没有大问题。"家庭医生回答。

"所以她现在有小问题？"克莱因太太的女儿继续追问道。

"她没有问题。"家庭医生礼貌地回复，并且因他对克莱因太太女儿的咄咄逼人感到不满，脖颈憋得通红。

"谢谢您。"克莱因太太的女儿终于放他一马。

不知她在克莱因太太家里聊了什么。出来的时候，她的脸

我不需要你的可怜

和脖颈憋得和刚才家庭医生一样通红。戴上墨镜，头也不回地开着她的宝马跑车扬长而去。她把愤怒都扔进了引擎声音里，与克莱因太太从阳台喊出来的"我不需要你的可怜"交相呼应，共同响彻在养老院的院子里。

"还得是宝马跑车啊！"西蒙在一边羡慕地感叹道。我看了他一眼，摇了摇头回到了办公室。

一周后的周五我们学习同理心这堂课。每个人被分到一个轮椅，体验的角色就是老人，坐轮椅的老人。我们将从学校划着轮椅出发去市中心进行一天的日常活动。

"会有人推我吗？还是全程需要我自己划轮椅？"我皱着眉问老师。

"蕾奥妮！"他不可思议地看着我。

"好了好了，我知道了。"我摆摆手，不情愿地坐进了轮椅里。

我们一行人就这样划着轮椅出发了，最苦恼的就是交通工具之间的换乘。有的地面有轨电车，但很老旧，所以上车时很费劲。司机下车协助我们这些"老年人"上下车也很辛苦，毕竟我们有二十多个人在等他。

在经历了千辛万苦地换乘后，我们终于来到了市中心。本

当 "90" 后遇到 "90" 岁

来 20 分钟的车程，我们边划着轮椅边换乘花了将近双倍的时间。

精彩的部分来了。

11：□□的莱比锡街头，人潮涌动。我划着轮椅过马路的时候，先是在有轨电车的轨道卡住，然后因为向前的惯性，我摔出了轮椅，呈一个 "大" 字趴在地上。那一刻，感觉世界都静止了。我趴在地上，耳边环绕着各种音色音调的立体声："哦，天啊！" 我根本不想站起来，因为我怕双手捂不严羞愧的脸。

在老师的帮助下，我站了起来。

"蕾奥妮，您没事吧？" 老师的脸憋得通红，我分不清是幸灾乐祸还是急着关心我。

"我！没！事！" 我从牙缝里挤出这三个字，并尽量保持优雅。

重新坐进轮椅里，我们来到了市中心最显眼的购物中心逛街。

"现在自由活动。你们可以去购物、吃午餐或者去卫生间，等等。但是记住，不可以扔掉轮椅，你们要时刻记得自己现在是年过半百只能靠轮椅活动的老年人。" 说完，他用双手摆出□K 的手势。"哦，对了。女士们、先生们，17：□□请回到这里集合。"他摆摆手和我们再见。

我和同学特蕾莎划了半天的轮椅，胳膊已经快没有力气了。

"我认为我们需要吃一个冰淇淋补充一下力量。你觉得呢？"我问她。

"我同意，我要吃两个巧克力球才可以恢复体力。"她可怜巴巴地看着我。

"您好。我们今天在体验老年人坐轮椅的日常生活。所以我现在不能站起来付款，可以麻烦您俯下身吗？我把钱递给您。"我和特蕾莎在冰淇淋橱窗前，抬头望着里面的服务人员请求着。

"没问题。"他微笑地回答。

付款后，他从里面出来，走到我们面前并且蹲下来递给我们冰淇淋以及找回的零钱。

"祝你们有一个美好的一天。"他的眼睛笑着，温柔地对我们说。

"谢谢您，我们也祝您有一个美好的一天。"特蕾莎说。

"啊，他太帅了。"我一边吃着冰淇淋一边感叹着。

"蕾奥妮，你现在是一个七十几岁坐轮椅的奶奶。他都可以做你的孙子了。"

"七十几岁的我也有欣赏美的能力和表达赞美的权利。"我

当"90"后遇到"90"岁

对特蕾莎眨眨眼。

"对，为什么不行！"她笑着对我挑挑眉。

接下来，我们两个去商店里购物。最难的就是试穿衣服。我们担心会麻烦售货员，所以就看了一圈准备离开。

"您好，请等一下。我可以帮您什么吗？一位售货员小跑过来。"

"您好。我们今天在体验老年人坐轮椅的日常生活。我们看到几件衣服很漂亮，但是试穿过程太麻烦了，所以就不耽误您的工作时间了。"

"原来如此。根本不会造成麻烦。我很愿意为你们服务。请问是哪几件衣服，我去取。"

我和特蕾莎互相看看，点了点头。

两位售货员耐心地帮助我们试穿衣物，她们的笑容、耐心和温柔的语气让我们的愧疚感少了很多。

"很遗憾，这几件衣服都不适合我们。"特蕾莎抱歉地说。

"没关系。重要的是你们体验了坐轮椅的老年人们逛街和试穿衣物的过程。并且今天我们很开心和你们一起参与和体验了这个过程。谢谢你们。"售货员半蹲着对我们说。

我和特蕾莎互相看看，笑了起来，心里暖暖的。

我不需要你的可怜

在接下来去的商店无一例外。每个售货员都热情地帮助我们，并且协助我们换乘电梯。

17：□□集合。

"女士们、先生们。首先感谢你们认真履行了体验规则，并且这次体验活动因为你们的用心才如此圆满。不知道大家是否都有了一些感触，即对坐轮椅的老人的理解。这种理解不仅停留在他们日常生活中的困难，还有我们如何帮助他们。这一节课，没有幻灯片，没有任何笔记，也没有重点。因为我们需要在实践中学习同理心。祝大家周末愉快！"老师竖起大拇指。

"谢谢，周末愉快！"大家异口同声地说。

我叠好轮椅，往外走的时候，老师叫住我。

"蕾奥妮，你还好吧？"

"还好。没有什么大碍。我还可以划回家。"我开玩笑道。

"哈哈哈，□K。周末愉快。"

"周末愉快！"

我扛着轮椅走在大街上，希望能消除今天在众人面前摔倒的窘迫感，并试图挽回一点尊严。

回到家，我开始回顾今天的体验。我从未如此体验过"坐轮椅的老人的一天"。而这一天发生的只是日常生活中非常普通

205

当"90"后遇到"90"岁

的小事而已。于我自己来讲，光在体力上已经是很大程度的消耗了。如果是一个年过半百、活动受限的老人呢？

我尝试将自己想象成一个七十几岁的老太太，不能自主独立行走，需要依靠轮椅进行日常活动。

当我第一次划进人群里，我比每一个人都"矮了半截"。这段高度仅仅是几十厘米，可是我的尊严却在这几十厘米中显得无比渺小。我该如何接受这样的自己？我要如何在以后的漫漫日子里，坐在轮椅上继续我的生活？我如何在这样的生活里重新建立自尊心、自信心和自我价值感？当我购物时、当我换乘交通工具时、当我仰望着别人和他们交流时、当我在人潮拥挤的街头摔倒时，我，一个人，一个七十几岁不能完全独立行走的老人，该用怎样的勇气说出"请帮帮我"？

而谁可以给予我这份勇气？

一周后我回到养老院工作。在克莱因太太家里给她配好一周的药物。她还是不习惯我们每天一日三次来给她送药。

"蕾奥妮，你前几天怎么扛着一个轮椅回来了？"

"哦，那个是我们学校的一次社会实践课。让我们体验坐轮椅的老人的一天。"

"那你体验到了什么？"

我不需要你的可怜

"我体验到了您每天坐在轮椅上的无助、无望和无能为力。"
我放下手里的药，看着她的眼睛继续说："以及我如何维护坐在
轮椅上老人的尊严。"

她满含泪水抚摸着我的肩膀。

我们讲到同理心，到底什么是同理心？我在网上寻找答案：
同理心是指一个人能够认识、理解另一个人的感觉、情感、思
想、动机和人格特征，会产生共鸣。与同情心不同的是，同情心
是感觉老人的感受，这种感觉仅仅在情感层面。同理心则是不仅
可以理解老人的感受，还会与老人的感受相融，并付出行动。

此刻，我将对同理心的理解写在日记里：

"我不需要你的可怜。"

2017 年 10 月

莱比锡

哦，对了。再提醒大家一句：如果有一天你在别人那里看
到一张照片：一个身穿奶油色毛衣，蓝色牛仔裤的女孩，在莱
比锡的街头从轮椅上摔倒在地，呈一个"大"字趴在地上。请
一定及时联系我，或直接请他/她务必删掉照片！谢谢。

这个老太太有点酷

当"90"后遇到"90"岁

"这个老太太有点酷，一生未婚未育，走遍了全世界。"劳伦斯和我介绍新入住的老人：克莱女士。

克莱女士今年70岁，出生在巴伐利亚州的一个小村子。她是家里唯一的孩子，却不是家里唯一的希望。他的父亲一直想要一个男孩，但是克莱女士的母亲生下她不久后就患病离世了。

她跟随祖父母生活到了25岁，然后被表亲接到了莱比锡，美其名曰帮助她找到一份稳定的工作，但其实是想让她做免费的住家保姆。

寄人篱下的日子并不好过。克莱女士必须每天4点起床去取新鲜的牛奶、榨鲜果汁、烤面包、煮咖啡，等等，为全家四

这个老太太有点酷

口人准备早餐；5：口口 遛狗，给三只猫咪准备食物和水；6：口口 准时取报纸并放在表亲的餐桌座位上。接下来就是等着全家人起床，侍候每个人享用早餐。

那什么时候允许她吃早餐呢？上班路上。

克莱女士从表亲家到出版社坐车需要半小时。她只做半职工作，因为下午要赶回家为全家人准备下午茶以及晚餐。

在出版社工作的前半年其实做的都是杂务工作。直到后来新上任了一位领导。也正是这位领导改变了她的人生。

"克莱女士，请到我的办公室里来一下。"格拉夫女士看了看她手里的垃圾袋，又看了看克莱女士。

"好。"克莱女士回答他。

"请您不用紧张。我初来乍到，想和每个同事认识熟悉一下。"格拉夫女士请她入座。

"是。"克莱女士低着头，双手攥在一起。

"我看过您的档案。您已经在这里工作半年了。"

"是。"克莱女士继续低着头。

时间凝固了几分钟后，格拉夫女士开口："可我并不需要一个擅长倒垃圾的员工。"格拉夫女士缓缓地低下头看着克莱女士。

当"90"后遇到"90"岁

克莱女士猛然抬起头，紧张地看着她。"格拉夫女士，我请求您给我一次机会！我很需要这份工作！"克莱女士努力控制着哭腔和颤抖的手。她以为自己将被解雇。

格拉夫女士从抽屉里拿出一根钢笔，走到她面前。

"克莱女士，我不允许我的助理在我眼前掉眼泪。"说完，她把钢笔放在了克莱女士的手心里，并紧紧地握住她的手。

第二天，克莱女士的办公地从走廊尽头的储藏室变为格拉夫女士的办公室外。除了那盆常年不开花的仙人掌，克莱女士是离她最近的具有生命力的活物。

"克莱女士，您今天的卷发非常时髦。"格拉夫女士微笑着对她说。

"谢谢，只是简单弄了一下。"克莱女士有些不好意思，用手拨动了一下头发。

格拉夫女士踩着高跟鞋走进办公室，边走边说："我今天开了车，我们顺路。"

那次顺路，也是给克莱女士一次思想的启蒙。

"我没文化、没高学历，更没有一个能扶我上青云的父母。但是他们给予了我一副看起来还不错的皮囊。这是我最讨厌但唯一可以利用的武器。18岁那年我以实习生的身份进入一家

这个老太太有点酷

私人杂志社。就是那种每天给附近各个小镇印发打折广告的杂志社。我和你一样，做着倒垃圾、端咖啡，甚至擦马桶的工作。想象不到吧。后来我遇到了我的前夫，老板唯一的儿子。约会3个月后我们结婚了。大家以为我是靠皮囊上位的。每个人都在我背后议论着我一定使用了很卑鄙的手段。他们想象和制造出各种离谱的谣言，唯一不想承认的是：我是一个'优秀的非常擅长倒垃圾的马桶清洁员'。"格拉夫女士打趣道。"我们的孩子出生后，我被安排在家里相夫教子。每天在无数的纸尿裤、奶瓶和哭声中挣扎和崩溃。我永远不会忘记，我25岁生日那天，我的前夫带着一身酒气回到家，进门第一句话就是：'你看看你的样子！'

经过半年的财产分割及孩子抚养权的争夺，我终于和冰冷的他离婚了，逃出了那个犹如冰窖似的家和他冷血的家人们。最后我没有争取到孩子的抚养权，因为他比我更能给孩子提供一个优渥的成长环境。我拖着唯一的行李箱离开了。那天的慕尼黑下着和今天一样漫天的飞雪。

后来我在海德堡找到了新公司：一家女士时装的杂志公司。并且很幸运遇到了一位志同道合的伯乐。我们一起开辟了一种全新的女装风格。将往日的杂志中传递的关于女性的传统观念

当"90"后遇到"90"岁

做了翻天覆地的变化和改革。女性可以穿西装裤、裙子不一定都是粉色的、头发不一定是长发加波浪卷，等等。一年后我升职为部门经理，同样经历了无数的非议：离婚的女人、花瓶、情妇等侮辱性的词汇。但是克莱女士，他们的语言根本伤害不了我，因为我从不跟愚蠢的人较劲。

不得不承认，和第二任丈夫结婚有一部分原因是我的外表优势。虽然他不爱我，但我们可以各取所需。这种'各取所需'的婚姻模式让我们一起度过了二十年的光阴。爱是浪漫的，但是婚姻是靠金钱堆砌的。

我讨厌在别人评论女性的成功时，都是围绕着性别和样貌。他们故意蒙住自己的眼睛，不想看到更不想承认女性的智慧。他们把女性的价值建立在婚姻之上、育儿之上以及顺从男人之上。不！这不是女性该展现的美和力量。我们是强大的，聪慧的，勇敢且坚韧的！"格拉夫女士平复了一下激动的情绪，"你到家了，克莱女士。"

"谢谢您，明天见。"克莱女士点头致谢。

那一晚，克莱女士在狭小的房间里辗转反侧。她问自己：她要做一个怎样的人，怎样的一位女性？

后来她离开了表亲家，用自己的部分积蓄报了一个英语班，并且通过格拉夫女士的帮助租到了离公司较近的房子。她们每天可以顺路回家，畅谈和八卦。

"新家还适应吗？真的不需要再多加一些家具吗？"格拉夫女士亲切地问。

"一张桌子，一把椅子，一张床足够了。"克莱女士回答。

"我要离开了。"格拉夫女士搅拌着咖啡。"美国有一个更好的机会，我想去试试。"

"哦！真的吗！"克莱女士的惊讶中有喜悦，但更多的是不舍。

"嗯。下周我将提交辞职信。已经订好了月底的飞机票。"

两个人在咖啡馆里聊了很久很久。回忆着这几年生活和工作中的糗事和成功，畅谈着对未来的期望和目标，怀念着二十几岁时的热情和莽撞。一直到咖啡馆打烊，她们才意识到天色已晚。

一周后，格拉夫女士提交了辞职信，与此同时克莱女士接管了她的职位。收到消息的时候她整个人都僵住了，震惊地看着所有人。幸运的是，她没有受到大家的非议，因为她的样貌没有刺激到大家敏感的心。

那几年，克莱女士每天下班后就去上成人夜大。开始攻读

当"90"后遇到"90"岁

文学专业的本硕。毕业那天她顺便辞了个职。这回所有人僵住了，震惊地看着她。大家无法想象马上就能接任公司总经理职位的她为何选择了辞职。而对于她而讲，这不是一次结束，而是一次崭新的人生体验的开始。

辞职后她去了新西兰。伴着南半球的风开启了世界之旅。那年她38岁。未婚未育，也未有任何恋情。每到一个地方她都会给远在纽约的格拉夫女士寄去一张明信片。简单的问候。她的字迹和她一样洒脱。

有一年圣诞节，格拉夫女士来新西兰度假。她们坐在海景公寓的阳台上，像在很多年前的那个咖啡馆里一样。

格拉夫女士在纽约成立了自己的时尚传媒公司。她实现了自己的纽约梦，并且出版了自己的自传《花瓶的价值》，可惜滞销了。她把一部分书摆满了家里的一整面墙。并给这面书墙命名为"永不屈服"。

"我当时和那个编辑说，我可以自己出钱。但是在内容上决不让步。"格拉夫女士坚定地说。"他让我增添一些女性温柔且娇弱的内容。这怎么行？这并不是这本书要传达的内容。所以我拒绝了。虽然我花了一大笔钱，书又滞销了，但是我为我的坚持和立场感到自豪！"格拉夫女士举起红酒杯。"你呢？在新

这个老太太有点酷

西兰一切都好吗？"她看着克莱女士。

"很好。我们多少年没见了。此刻我才意识到时间流逝的速度。可此刻，我拥有无比的安定。我的内心无比充盈。人们常说这是老了，年轻时的热烈被冲进了时间的长河里。可我热爱这样的自己，热爱我们现在拥有的生活以及我们的信仰。我履行了很多年前，那个辗转反侧的夜晚，承诺给自己的人生誓言：把爱和温柔都献给自由。这些年的旅行和经历让我在迎接马上来临的50岁时变得更加淡定。走过半生，我没有遗憾，因为我是按照自己的意愿而活。我没有把我自己置身在传统的观念中，更没有向大众嘴里的'女性最后的归宿'而妥协。谢谢你，英格丽德。如果没有那次推心置腹的交谈，我依然在人生的迷雾中，找不到自己。"克莱女士平静的语气就像她的眼眸一样，温柔且充满力量。

"我永远支持你的选择。我们并肩作战！"格拉夫女士举起酒杯。

两个人的欢声笑语回响在新西兰的星夜里。

55岁那年，克莱女士回到德国。她在柏林一家妇女儿童救助组织工作。并与格拉夫女士一起举办了很多场关于女性独立的巡回演讲活动和宣传。

当"90"后遇到"90"岁

65岁的时候，克莱女士编写了一部日记体小说——《这个老太太有点酷》。书里记录了她一生的经历和感悟；她在世界旅行中收获的自由；她坚持内心选择的勇气；她对于女性的觉醒和独立的呐喊。

她和格拉夫女士一起为争取更多女性的权利做着微不足道但永不屈服的反抗。同时，她出版的书也一并滞销了。

但，精神永存。

"克莱女士，下午茶时间到了。"我来到她家里。她正在给阳台装扮圣诞节的饰品。

"哦，是你啊。蕾奥妮。快来！"她向我招招手。

"您这些奇奇怪怪的小玩意儿都是在哪儿买的？"我端详着那些新奇的饰品。

"英格丽德寄给我的。她总是能变出各种各样新鲜的东西。"她笑着说。"进屋吧，外面太冷了。"

"这就是您写的书吗？"我指着桌上的那本小说。

"嘿，写着玩的。"她摆摆手。

"我听闻了您的光荣事迹。"

"好孩子，可别笑话我这个老太太。"她撑着膝盖一屁股坐进沙发里。

"没有。我是真的崇拜您和格拉夫女士。"

克莱女士慈祥地看着我，示意让我坐在她旁边。

"蕾奥妮，我可以问问你，你今年多大了吗？"她拉着我的手，像我的奶奶一样和蔼。

"24岁。"

"真是勇敢的好孩子。我24岁时候还没有离开我的祖父母。还在每天给母牛挤奶。你明年就毕业了吧？有什么打算？"

"回国，回家。"我回答。她平静地看着我，微微地点点头。"您知道吗？在中国正在兴起养老的浪潮。虽然我在德国学习的双元制教育在中国不能被认证，但是这些年的学习和工作为我自身对养老的认知以及养老工作的经验积累带来了很大改变。不仅如此，这些年我在欧洲背包穷游，去了很多个地方。就像您当年一样。我感觉整个人都被撕裂开，我把所有的愚昧、无知和狭隘都扔进了风里。我庆幸有这样的机会，塑造了不一样的我。"

"不想继续在远方到处看看？"克莱女士问。

"可能以后还会来看看吧。"我回答。

"家里人希望你回去？还是你自己的选择？"

"我自己的选择。"

当"90"后遇到"90"岁

"蕾奥妮，你们年轻人不喜欢听老人家说教。我也不喜欢给年轻人提建议。我想祝愿你。祝愿你梦想的船帆永远有明亮的灯塔指引。无论以后面对怎样的波涛汹涌，都勇敢向前。"

"谢谢您。"

"不客气。今天我不去吃下午茶了，中午吃得太饱了。现在没有什么胃口。"

"好的。"

晚上回到家，我想起美国女作家路易莎·梅·奥尔科特的著作《小妇人》。她用一生践行了自己的梦想：成为一位独立的女性作家。在那样的时代里，在被传统顽固观念捆绑的环境里，她挣脱了枷锁和人们的非议，拥有了属于自己的人生且找到了自己的生命的意义。她站在大众的对立面，用行动证明了：我不仅是一位女性，更是一位坚韧的、独立的、聪慧且勇敢的人。

克莱女士和格拉夫女士同样如此。她们在人生道路上永远听从自己的安排；她们活出了自己，开启了不一样的精彩人生；她们不是谁的妻子、谁的母亲，她们属于自己。

我呢？望着毕业倒计时的日历，24岁的我想成为一个怎样的女性？怎样的人？我需要做出哪些努力？

当我未来步入老年这段旅程中是否也可以像克莱女士一样

拍着胸脯说："我没有任何遗憾！"

怀揣着她们给予我的力量和精神，我将驾驶着梦想的船帆继续前行。

这是在莱比锡最后一个圣诞节。明年8月毕业，我将回国投身养老事业中。我告诫自己：不许有任何"海归"的光环和骄傲。

2017年12月

莱比锡

后记：2018年离开莱比锡时，克莱女士送了我一本书：《小妇人》。这本书一直鼓舞着我，像永远明亮的灯塔一样指引着我。

死亡：去另一个世界旅个游

当"90"后遇到"90"岁

"如果你问我生命的意义，我的回答是：活下去。"

我在《最好的告别》这本书中读到一句话：生的愉悦与死的坦然都将成为生命圆满的标志。

我开始思考：对于老人来讲，尤其是已经到安宁疗护阶段的老人，如何帮助他们优雅地离开。

托本律师最近每天来养老院拜访霍沃太太，总是眉头紧锁，行色匆匆。

"最近我睡得不好，遗嘱的事真让人头痛。"霍沃太太端起香槟一饮而尽。

"我能问一个问题吗？"我试探地说。

"什么问题？"她转过头。

死亡：去另一个世界旅个游

"您为什么现在就开始立遗嘱？"

"哈哈哈，那要等什么时候？趁我头脑清晰赶紧把这件事落实了。也省得孩子们心里总惦记。"说完，她又倒了一杯香槟。"你来一杯吗？蕾奥妮。"她指了指香槟，问我。

"不了，谢谢您。我不允许自己在工作期间饮酒。"

她摆了摆手，坐在了我身边。

"你昨晚很晚才睡，最近的学业压力很大吗？"霍沃太太问。

"确实。我最近在做一个课题作业，我定的主题是死亡的意义。"

"哈哈哈，死亡的意义？"霍沃太太爽朗的笑声穿透过头顶的天窗。"那你思考到什么阶段了？"她问。

"还没有头绪。我对生命的理解太浅薄了。"我皱起眉。

"对不起，我的笑没有恶意。蕾奥妮，我87岁了，走过了一辈子了。请问，我可以讲一下我对生命和死亡的理解吗？我不希望倚老卖老，我只是想和你谈谈。"霍沃太太问。

"当然，当然。"我回答。

"我在童年阶段经历了第二次世界大战。我的父亲自从上了战场后再也没有回来。我的母亲带着我们四个兄弟姐妹开始了

当"90"后遇到"90"岁

流离失所的生活。很不幸，在这个过程中我的母亲因突发疾病去世了。那个时候我还小，不懂什么是死亡。我的大姐只是告诉我妈妈太累了，要睡一觉。此后，大姐带着我们几个继续逃亡。但她才13岁，也是个孩子。我们经常饥一顿饱一顿。后来逃到一个教堂里，里面的牧师收留了我们。很多个夜里，我被姐姐的抽泣声惊醒，我不知道怎么安慰她，所以我也跟着哭泣。那段日子至今难忘，有的时候我在梦里都会听到炮弹的声音。'轰'的一声，家没了，人也没了。人们每天活在恐惧中，绝望笼罩在教堂的上空。我们都不知道这样的日子什么时候是个头。

"我每天都在追问姐姐，爸爸什么时候回来？妈妈什么时候才可以睡醒。战争结束后，我们通过牧师的帮助找到了远方表亲，来到了莱比锡生活。我们住在乡下，家的旁边是个农场。我和姐姐每天去农场挤牛奶赚钱，弟弟和妹妹由亲戚照看。日子一天一天地过，我明白爸爸妈妈再也不会回来了。"她端起香槟，再次一饮而尽。

"我今年八十多岁了，这辈子几乎什么都经历了：战争、饥饿、流亡、离别。当然还有来之不易的幸福和安稳生活。我先生去世后，大儿子把我接到了他家附近居住，为了便于照顾我。

死亡：去另一个世界旅个游

最近几年我的健康状态越来越差，视力也越来越差，左边的眼睛只能看清楚60%，还有轻度失禁、高血压和糖尿病，去年还做了心脏支架。但是好在我还可以活动，拥有基本的自理能力。我还可以自己去看家庭医生。我告诉我自己，我要活得漂漂亮亮的。化化简单的妆容，美甲的颜色是我最喜欢的烈焰般的红色，口红也是红色。我享受生命的每一天，我变着法子给自己找乐趣。我根本不怕死亡，这个岁数了，活明白了。人啊，终有离去的那一天。我经历了人生，我和先生一起携手几十年，孕育了健康的孩子们；我按照我的意愿去生活，去选择；我始终保持一颗善良且感恩的心；我还申请了器官捐献，我愿意捐赠我的器官给需要的人；我告诉我的孩子们，如果哪一天，我离开了，不要在我的葬礼上哭泣。我不是去世了，我是去另一个世界旅游去了。我热爱我的生活、我的生命，但是我并不贪恋。一切都已看淡。"她把酒杯拨到一边，继续说："孩子，请允许我这样称呼你。如果你问我生命的意义，我的回答是'活下去'。而死亡不是终点，是生命的一个阶段。尊重生命，就要尊重它的规律。"

离开霍沃太太家里时，她塞给我一大包巧克力。

"今天不要睡得太晚，吃点巧克力，放松一下。"

当"90"后遇到"90"岁

"谢谢,霍沃太太。"

她摸着我的脸说"好孩子"。

霍沃太太住进养老院已经半年了。但她依然坚持自己去看家庭医生、取药方、购物。她不想依赖孩子们,所以当初自己找到我们养老院。虽然视力变差,但她尽可能地去适应周边的环境,去熟悉各个细节,降低老化的速度。

教授抵着下巴,问我:"蕾奥妮,你个人对生命和死亡的理解呢?"

"我想我需要用一生去体会,等我80岁的时候再写信告诉您吧。"

教室里响起绵延不绝的笑声和掌声。

在我的传统文化和从小接受的教育中,死亡这个话题是禁忌话题,是不吉利的。我从未听过大人们对于死亡的讨论和理解,而是各种长生不老的传说故事和人们的愿景。现在,我坐在家中,写着日记,思考着"临终关怀"。

西西里·桑德斯夫人(1918—2005年)于1967年在伦敦创立了圣克里斯托弗安宁疗护院。它被认为是现代临终关怀和姑息治疗运动的发祥地。她将中世纪临终关怀的古老传统与现代医学的研究相结合,尤其是疼痛治疗领域。

死亡：去另一个世界旅个游

　　1985 年，德国成立了第一个临终关怀协会。同年，在德国亚琛，第一个临终关怀住院病人诞生了。

　　长期以来，德国的姑息治疗以两种方式发展，即门诊和住院。

　　1992 年，德国临终关怀协会成立，目的是在德国建立网络，促进和发展临终关怀工作。

　　2007 年，《社会法典》建立了专门的门诊临终关怀的法律基础。据此，患有无法治愈、进展性和晚期疾病的被保险人，在预期寿命有限、需要特别复杂的护理时，有权获得专门的门诊治疗。

　　临终关怀产生的所有费用皆由公立医保报销。患者及家属没有任何经济压力。

　　如何优雅地离开这个世界呢？除了医学层面的辅助、家人的关怀，我想还有个人对生命的敬意与领悟。

2018 年 6 月

莱比锡

2018 年
08 月

告别莱比锡

当"90"后遇到"90"岁

　　整个养老院为我举办了欢送仪式。我哽咽地说不出一个字，和每一个人拥抱告别，泪水模糊了双眼。

　　三年，如白驹过隙。

　　今夜，我坐在每天写日记的书桌前，翻看这三年的点点滴滴。一幕一幕，一帧一帧。直到此刻，我都无法相信，这是我最后一次坐在这里，明天我就要启程离开了。

　　翻开日记本，从抵达莱比锡的第一天的日记开始读起到今天，感慨万分。

　　记得刚到莱比锡的前三个月，我还需要继续加强德语学习。一般上午去语言学校，中午匆匆赶回学校上专业课。那段日子耽误了很多学校上午的课。但是老师和同学们都很好，我的德国同桌每次都热心地将工整的笔记借给我。

异国他乡的日子不是每天都开心快乐的。文化差异、语言障碍、无依无靠，但就是这样的环境让我迅速成长，变得更加独立和坚韧。

我是幸运的。养老院的同事们、老人们无微不至地关照我、帮助我融入环境、理解他们的文化，用他们的精神影响着我。

感谢老师和同学们的帮助、感谢学校的培养、感谢养老院里每一个人对我的爱护。正是因为你们，我才有这份荣幸了解养老、学习养老，对养老有了更深层次的认知。我要把满怀的热爱都撒在这份事业上。

今晚的风格外温柔。

再见，莱比锡。

再见，德国。

衷心感谢！

2018 年 8 月

莱比锡

2022 年
08 月

一个"90"后的
第二人生：养老，
再出发！

当"90"后遇到"90"岁

"蕾奥妮，等下次你发消息给我的时候，我希望给你的回复是：恭喜你。"

前言

2009年至2014年我在承德护理职业学院就读了涉外护理专业。这个学校是我母亲帮我选择的，我只听说这个专业不学数学就答应了，而母亲的建议是出国。我当时不懂出国的含义，只想远离数学，拥抱自由。

不学数学但是要学英语，开学时候我们进行英语考试，根据英语成绩进行了分班，可能上天眷顾我这个学渣，我英语成绩还不错被分进了1班，也是重点培养的出国护士的班级。从此开启了每天学习《新概念英语》和专业知识的生活，确实不

一个"90"后的第二人生：养老，再出发！

用学数学，但是也没能拥抱自由。

我记不得在第几学期产生了出国的念头。当时我读了一本书《陪安东尼度过漫长岁月》，作者写了自己在墨尔本的生活，从此墨尔本三个字在我心里慢慢发芽。学校的雅思中心正好有澳洲项目，但是澳洲的学费非常高。我想：我的梦想是否要建立在父母的经济牺牲基础上。而父母拥有的也是他们拼搏半辈子得来的啊。最后我放弃了澳洲，选择了沙特阿拉伯的项目，计划去沙特工作两年作为跳板再去欧美国家。

幸运的是我通过了沙特护士资格证的考试，获得了沙特护士执业资格。这个时候我命运的齿轮开始了转动。

在中介公司，我遇到了两个姐姐，她们马上要去沙特工作了。聊天间隙她们聊到德国护士项目。她们只是随口一说，我确实也没当回事儿。

回家一边实习一边等待沙特项目（因为有年龄限制，我当时不够年龄）。有一天在家上网突然想起了那两个姐姐说的话，我就随手搜索了一下德国护士项目。

我对这个项目感兴趣的点在于：德国免学费，而且有实习工资，所以不需要家里的资助。当时沙特护士资格证有效期为两年，我的计划是用一年学德语，考德语B1。如果没有通过那

当"90"后遇到"90"岁

我还有一年时间去沙特。

再后来，我通过了德语日1，来到了德国。

2015年，我22岁。飞机降落在了柏林机场，我的老板一家来接我去莱比锡。看见的景象还挺令我意外的，我以为发达国家到处都是高楼大厦，没想到却是百年建筑、田野和小村庄。

我的老板很照顾我，没有让我去外面租房子，而是在养老院里为我提供了一室一厅一卫。老板贴心地将上学用的各种学习用品和教材摆在了书桌上。所有的细节都让我备感亲切。

我住在养老院，更贴近老人们的生活。他们也很照顾我，还经常给我零花钱。开始我不敢要，还拿去交给我老板，老板笑着说，"这是文化差异，在这里我们叫作小费，你可以拿。"

那三年我一边读书，一边工作，一边在欧洲背包穷游。我的认知以及人生观被彻底颠覆。

和老人们在一起的生活、学校的学习和养老院的工作让我对养老有了更深的理解。我越来越热爱这个行业，并且我愈发坚信当初的留下对我来讲是最好的选择。

2018年夏天我经历了8天的德国注册护士执业资格考试：两天实践操作，三天口试，三天笔试。笔试全是叙述题，对于非母语的我，是一个很大的挑战。幸运的是我通过了考试，拿

一个"90"后的第二人生：养老，再出发！

到了德国注册护士的执业资格。

我依稀记得毕业时老师对我说的话："蕾奥妮，无论你去了哪里，希望在德国这三年学习到的东西对你有帮助。请你保持阳光和积极的态度，把爱和温暖传递给每一个老人，每一个人。"

我婉言谢绝了老板薪资丰厚的新offer（录用通知），选择了回国。

回国前夕我去了瑞士徒步，那天早晨刚下过小雨，山上雾很大，我走的那条路很窄，能见度很低。我没有一丝害怕，我享受那份宁静。半路我遇到一对美国夫妇，他们看我个子小，又是一个人，让我走在他们中间。半个多小时后，我们仨走出了大雾，眼前是壮观的雪山和湛蓝的天。这对美国夫妇祝福我回国一切顺利，祝我旅途愉快，又祝我梦想成真。

我也暗暗向雪山许愿：我要把我对养老的所有的热情和力量奉献出来。

重生

一年后，2019年年底我回到德国，入职欧洲最大的教学医院之一——柏林夏里特医院。

可我当时身心俱疲，焦虑和迷茫，一直沉浸在自我否定中，

当"90"后遇到"90"岁

我觉得自己是世界上最差的人。我关闭了朋友圈，放弃了公众号，卸载了所有 App，注销了所有账号。我重新拿起了画笔，情绪低落的时候我就画画。有很多失眠的夜晚，我都是在画画中度过的。

后来在柏林学习了艺术疗法课程。也正是艺术疗法治愈了我。我的艺术疗法老师是一位具有"镇静"能力的人，每次当我情绪低落地去上课时，她总是能让我平静下来。艺术疗法结课的时候，老师在告别之际对我说："蕾奥妮，谢谢你来参加这次的课程，希望你在这个过程中收获到了快乐。等下次你发消息给我的时候，我希望给你的回复是：恭喜你。"我一下子哽咽住了，说不出一句话，只是紧紧地拥抱她。

有一天我翻开以前的日记，重新读在莱比锡那三年的生活，与老人们一起的片段，他们的故事，教会我的事，我的老板和同事们，还有我的老师、同学们对我的鼓励以及那对美国夫妇对我的祝福，我想：真的要放弃吗？那三年坚持的意义又是什么？

回到德国之初，我一直不敢去瑞士。因为我害怕面对当年许下的愿望和当年充满希望的自己。现在我与自己和解了，变得更加勇敢和坚韧。前段时间我再次去瑞士徒步，我没有许任

一个"90"后的第二人生：养老，再出发！

何愿望，我享受当下，我喜欢我自己，我热爱我的生活。

巧合的是，这次去瑞士的火车上，我遇到了一位来自荷兰的老爷爷。他是生物学退休教授，一个人在旅行。我们一路聊荷兰养老以及著名的阿尔茨海默病社区：荷兰霍格威小镇（De Hogeweyk）。他给予了我很多鼓励，最后分别的时候他还开玩笑说："以后如果你来荷兰，拜访霍格威时没准咱们还能再见。哈哈哈。"

8月的瑞士阳光明媚。我和朋友坐在阳台上，来自阿尔卑斯清爽的风环绕在我们耳边。我们都发自内心地认为：我们很幸福，很幸运。这种幸福和幸运不是来自物质，而是来自精神层次的满足。

二十几岁，我来到欧洲。我很感恩能有边读书边行万里路的机会。在不同的地方体验不同的生活。我的认知一次又一次地被打开，我惊讶于这个世界的精彩。我把我最单纯、最热烈、最有活力的青春撒在去看世界的路上，并且我依然对远方充满向往。明年我就正式踏入30岁了，我不知道什么时候可以收心，但是我不要留下遗憾，我要玩个尽兴。

我每一个选择都违背了这个社会的传统规则。比如这个年纪不结婚、不生孩子，也不谈恋爱；快30岁了又要读书而不是

当"90"后遇到"90"岁

所谓的建立家庭，稳定下来，等等。可恋爱、结婚、生孩子对于我来讲不重要。我能养活自己，能吃饱穿暖，所以婚姻不能为我带来经济价值，我也不需要靠婚姻改善生活。我善于独处，独处让我清醒和内心安定，所以婚姻也不会带给我精神层次的满足。

什么对我最重要呢？去见更广阔的天空，做一个坚韧的、勇敢的、自信的、独立的、善良的、心胸宽广的人生体验者。

当我七八十岁的时候，已经是一个老奶奶了，暖暖的午后，我坐在摇椅里，翻看我的世界旅行相册，那个时候我的内心是怎样的呢？

我年轻过，我去过世界的某些地方，我没有遗憾了。

我在低谷里站起来了，并且已经向前走了很远很远。这一路我收获了很多来自陌生人的鼓励和支持。我充满感恩。

未来

我开启了第二人生。

今年10月我将重新回归校园，攻读护理管理学专业。为了不丢失工作经验和管理经验的积累，我以边工边读的形式攻读护理管理学专业。感谢医院的资源支持和每一位领导及同事的鼓励和帮助。独在异乡的这几年，他们就像亲人一样照顾我、

一个"90"后的第二人生：养老，再出发！

鼓励我，给予了我无限的精神力量。

我给艺术疗法老师发了信息，告知她我的近况和上大学的事情已经尘埃落定。她回复我：恭喜你！

我无法预知我的未来，但我会怀揣心中愿景坚定不移地走下去！

我的愿望是自己能为中国的养老行业奉献一份薄力。希望每一个人，每一位老人，都可以享受同等的照护服务、尊重和福利资源，都能安享晚年，体验生命的美好。

祝所有人幸福快乐，健康平安。

2022 年 8 月

柏林

结　尾

　　我刚刚喝了一杯暖暖的热可可。坐在窗前看窗外的雪。柏林最近已经下了很多场雪了。虽然都是小巧可爱的雪花，但也满足了我对冬天的期待。

　　前段时间我趁着周末回了一趟莱比锡。圣诞气氛愈发浓厚。我走在熟悉的大街小巷，仿佛看到一个身影：时而她匆忙背着书包在人群中穿梭；时而她塞着耳机在石板路上慢悠悠地散步；时而她在露天市场和商贩们学习萨克森方言；时而她坐在街边欣赏街头的小提琴演奏；时而她跑进咖啡厅待一下午；时而她坐在托马斯教堂里聆听圣托马斯童声合唱团的天籁之声；时而她去音乐厅接受古典乐的熏陶，等等。

　　突然一辆自行车一闪而过，我才回过神儿来。

那个女孩是我，是 7 年前懵懂的我。

在养老院见到了很多新面孔。那些老朋友都去了很远的地方旅行。他们很酷，没有留下任何话，更没有寄来一张明信片。也不知道那里的圣诞节有没有热红酒和美味的圣诞面包。

回忆一帧一帧地在脑海中重演，有欢声笑语，也有悲伤哭泣。那么多的情绪交织在一起，让我觉得我和这帮老朋友们的生活有血有肉，有真感情。我永远不会忘记他们每一个人的眼睛，里面都是对生命的热爱与温柔。如果没有他们，我从未料想自己会步入养老这个行业，也不会有机会接受专业的养老专业的学习培养，更不会有这本日记的诞生。

那你呢？

此时此刻读到这里的你，是否对养老和老人有了新的了解？

是否有兴趣去了解养老？

我们的故事是否有打动你的细节？

你是否也想为养老行业和老人们做些什么？

如果有，请接受我和老朋友们对你由衷的感谢。

如果没有，也没关系。那就放下这本日记。你多久没给爸爸妈妈打过电话了？或者去爷爷奶奶、姥姥姥爷耳边说一句：

当 "90" 后遇到 "90" 岁

"我饿啦！"

最后，

感谢我的家人对我一直以来的支持和理解。

感谢李彩琴编辑对我的鼓励、信任和帮助。

感谢我的老朋友们对我的陪伴。

感谢夏里特医院给予我重生的机会。

感谢自己重新站起来。

2022 年 12 月 5 日

写于柏林